SAUERLÄNDER

Kirsten Boie wurde 1950 in Hamburg geboren, wo sie noch heute lebt. Sie studierte Deutsch und Englisch und war Lehrerin, bevor sie für Kinder und Jugendliche zu schreiben begann. Sie zählt zu den renommiertesten Autorinnen des modernen Kinder- und Jugendromans und wurde mit zahlreichen Preisen ausgezeichnet, u. a. mit dem Großen Preis der Akademie Volkach und dem Sonderpreis des Deutschen Jugendliteraturpreises für ihr Gesamtwerk.

Weitere Informationen zum Kinder- und Jugendbuchprogramm der S. Fischer Verlage finden sich unter *www.fischerverlage.de*

Kirsten Boie

Chaossommer mit Ur-Otto

SAUERLÄNDER

Von Kirsten Boie außerdem bei Sauerländer erschienen:
Mit Kindern redet ja keiner
Manchmal ist Jonas ein Löwe

Aus Verantwortung für die Umwelt hat sich der Fischer Kinder- und Jugendbuch Verlag zu einer nachhaltigen Buchproduktion verpflichtet. Der bewusste Umgang mit unseren Ressourcen, der Schutz unseres Klimas und der Natur gehören zu unseren obersten Unternehmenszielen.

Gemeinsam mit unseren Partnern und Lieferanten setzen wir uns für eine klimaneutrale Buchproduktion ein, die den Erwerb von Klimazertifikaten zur Kompensation des CO_2-Ausstoßes einschließt.

Weitere Informationen finden Sie unter: www.klimaneutralerverlag.de

MIX
Papier aus verantwortungsvollen Quellen
FSC® C083411

Erschienen bei FISCHER Sauerländer

Erstmals erschienen 2005 im Fischer Taschenbuch Verlag, Frankfurt am Main
Umschlaggestaltung: Norbert Blommel, MT-Vreden unter Verwendung einer Illustration von Philip Waechter
Satz: Pinkuin Satz und Datentechnik, Berlin
Druck und Bindung: CPI books GmbH, Leck
Printed in Germany
ISBN 978-3-7373-5762-3

Sie saßen auf der Schwelle vor der Haustür, Hanna, Bergmann und Carina, und hassten den Sommer mit aller Kraft.

Sie hassten ihn, weil er so heiß und so strahlend und so geradezu unnatürlich sommerlich war, wie es schon seit Jahren kein Sommer mehr fertig gebracht hatte. Und sie hockten hier auf der Schwelle vor der Haustür und zählten ihr restliches Geld.

Es ist anzunehmen, dass sie den Sommer noch mehr gehasst hätten, wenn er grau und kalt und regnerisch gewesen wäre und sie sich am Küchenfenster sehnsuchtsvoll die Nasen hätten platt drücken müssen, bevor sie sich resigniert wieder aufs Sofa vor dem Fernseher schmissen; aber es war doch geradezu unanständig, dass ein Sommer sich so sehr verausgabte, um auch noch das letzte bisschen Hitze aus einem seit Wochen stationären Azorenhoch zu quetschen, und schon in der zweiten Ferienwoche reichte ihnen das Geld nicht mal mehr für einen anständigen Schwimmbadbesuch.

»Wir hätten nicht immer so viel Eis kaufen sollen«, sagte Carina und pulte zwischen ihren Zehen, was auch immer sich dort finden mochte.

Das wenigstens gab es gratis in diesem Jahr: warmen Sand und heißes Straßenpflaster unter ihren nackten Sohlen, die sich inzwischen anzufühlen begannen, als wären sie aus Leder; ganz ähnlich wie die Anfass-Haut-Stückchen in der Dinosaurier-Ausstellung, in die sie mit der Klasse gegangen waren.

»Früher haben sie auch kein Eis gekauft, wenn sie schwimmen gegangen sind«, sagte Carina, ohne den Blick von ihren staubigen Zehen zu nehmen. »Sie haben …«

»Früher gab's gar keine Schwimmbäder, du Dödel«, sagte Bergmann. »Da hatten sie entweder Glück und es gab einen See, oder sie mussten bis ins Rentenalter Nichtschwimmer bleiben.«

»Sie haben Tee mitgenommen«, sagte Carina, als hätte Bergmann nicht gerade erst das Fundament ihrer Argumentation gefährlich ins Wanken gebracht, »das war das Billigste. Den haben sie über Nacht abkühlen lassen …«

»Zucker und Zitrone werden sie ja wohl wenigstens reingetan haben«, sagte Bergmann kämpferisch.

»Zitronen hatten die nun ganz bestimmt keine«, sagte Carina und hob etwas zwischen Daumen und Zeigefinger in die Luft, was sie gerade zwischen ihren Zehen geerntet hatte. »Viel zu teuer, logisch.«

»Popel nicht immer zwischen den Zehen«, sagte Hanna und drehte sich angewidert zur Seite. »Und komm uns nicht so moralisch. Auch wenn sie früher nicht mal Zitrone zum Tee hatten …«

»Nicht mal Schwimmbäder, sag ich doch!«, sagte Bergmann.

»… sind wir jedenfalls so blöd gewesen, unser Geld für Eis zu verprassen«, sagte Hanna. »Schon nach einer Woche. Nun können wir die nächsten fünf Wochen vor der Tür hocken und hoffen, dass ein Geldbriefträger vorbeikommt und Scheine verliert.«

»Nehmen wir es von der positiven Seite«, sagte Bergmann. »Wir haben was fürs Leben gelernt.« Er seufzte und schlug Carina auf die Hand, mit der sie sich schon wieder über ihren Fuß hermachen wollte. »Wenn wir später als Erwachsene mal viel Geld auf einmal kriegen, gehen wir vorsichtiger damit um. Weil wir jetzt die Erfahrung gemacht haben …«

Carina stand auf und lehnte sich mit dem Rücken

gegen die Hausmauer, aber dann sprang sie mit einem kleinen, spitzen Schrei nach vorne. »Heiß!«, sagte sie erklärend, und Hanna und Bergmann grinsten müde. Die unnatürliche Hitze hatte sie so geschwächt, dass sie sich nicht einmal mehr zu einer schadenfrohen Bemerkung aufraffen konnten.

Doch, doch, es drohte ein trostloser Sommer zu werden, allem widernatürlichen Sonnenschein zum Trotz. Die Sommerferien hatten angefangen, und die Hälfte der Schüler des Landes hatte sich in Autos und Flugzeuge und Autoreisezüge gesetzt, um an exotischen Orten wie Mallorca und Malaga und den Malediven die wohlverdiente Erholung nach dem Stress vor den Sommerzeugnissen zu genießen; sie hatten zögerlich, aber beherzt, gigantische Fähren bestiegen, um an dünenverwehten nördlichen Stränden Sandburgen mit Muscheln zu dekorieren, oder sie erstiegen schwitzend und fluchend mit ihren Eltern die bayerischen Gipfel. Aber weil diese Reisen nicht umsonst zu haben waren und weil darum längst nicht alle Eltern des Viertels sie ihren Kindern bieten konnten, war der Rest zu Omas und Opas, Onkeln, Tanten und weggeheirateten Kindheitsfreundinnen ihrer Mütter gefahren, und wenn man den Berichten glauben durfte, die am letzten Schultag in der Pause ausgetauscht worden waren, dann lebten sie alle in fernsehreif-idyllischen Dörfern in der Nähe von Reiterhöfen, glasklaren Seen oder Freizeitparks. »Ich hab eine Karte von Katja gekriegt«, sagte Hanna. »Sie gehen jeden Tag segeln …«

»Hör auf«, sagte Bergmann.

Es war ganz einfach so, dass das Schicksal Hanna und ihn nicht mit entfernt lebenden Großeltern gesegnet hatte, und selbst die Kindheitsfreundinnen ihrer Mutter hatten nicht in die Nähe von Reiterhöfen geheiratet. Und über Mallorca, Malaga und die Malediven musste man sich gar nicht erst den Kopf zerbrechen. Solange Mamas Laden permanent auf dem schmalen Grat zum Konkurs balancierte, war im besten Fall mit einem Tagesausflug in die Lüneburger Heide zu rechnen.

»Ich hasse Sommerferien«, sagte Carina, deren Eltern bei der Erwähnung von Urlaubsreisen nur höhnisch gelacht hatten, und das war nun natürlich nicht ganz ehrlich von ihr. Schule hätte sie jedenfalls noch um einiges mehr gehasst. Aber schließlich saßen sie hier auf der Schwelle ja nicht zusammen, weil sie einen Ehrlichkeitswettbewerb austragen wollten.

»Ich hasse Sommerferien auch«, sagte Hanna.

Das Problem war, dass ihre Mutter Bergmann und ihr am ersten Ferientag jedem einen 50-Euro-Schein in die Hand gedrückt hatte, und das hatte zu diesem Zeitpunkt nach einem so geradezu überwältigenden Reichtum ausgesehen, dass sie schon fast überlegt hatten, ob sie nicht ein Konto anlegen und durch Zinsen Millionäre werden sollten.

Aber wenn man wegen der Hitze täglich ins Schwimmbad fahren und sich Eis und Cola und Pommes kaufen musste, schmolz so ein magerer bräunlicher Schein erschütternd schnell dahin. »Krümelkram«, sagte Carina und starrte beschwörend auf ihre Handfläche, als ob sich die Münzen, die dort so kläglich versammelt lagen, vielleicht, ganz vielleicht auf wundersame Weise vermehren könnten, wenn sie sie nur sehnsüchtig genug anstarrte. »Einmal Schwimmbad und vier Lakritzschnecken.«

»Gummischnullis«, sagte Hanna und dann war sie wieder still und wartete auf ein Wunder, wenn sie auch nicht genau hätte sagen können, welche Form es sich für seinen Auftritt hätte wählen sollen.

»Es könnte ja vielleicht auch bei uns mal irgendwas Aufregendes passieren«, sagte Bergmann ohne aufzusehen. »Könnte es doch. Oder?«

Hanna tippte sich gegen die Stirn. »Bankraub?«, sagte sie. »Erdbeben? Ufos? Erzähl mal.«

Bergmann zuckte die Achseln. »Wenn ich hier noch

fünf Wochen einfach so rumsitze, verblöde ich jedenfalls total«, sagte er.

Carina lächelte mild. »Keine Sorge, Bergmann«, sagte sie zärtlich. »Noch mehr ist völlig ausgeschlossen.«

Sehr nett wäre diese Bemerkung natürlich in keinem Fall gewesen; aber Bergmann traf sie noch zusätzlich wie ein Keulenschlag, weil er bis zum Ferienbeginn mit Carina gegangen war, und dann hatte sie einfach erklärt, damit müsste jetzt Schluss sein.

»Ich brauch meine Freiheit«, hatte Carina gesagt, und das war ja mit dreizehn vielleicht kein so ganz falscher Standpunkt. »Man soll sich nicht zu früh binden.«

»Ich lieb dich aber doch!«, hatte Bergmann verzweifelt gesagt, und Carina hatte gelächelt und erklärt, dass er dann eben die ungewöhnliche Chance hätte, früh im Leben zu üben, wie man mit Enttäuschungen fertig wird.

»Ich muss einfach noch mehr Erfahrungen sammeln«, hatte Carina gesagt und natürlich hatte sie dabei schöner ausgesehen denn je, so schön, dass Bergmann das Gefühl gehabt hatte, nicht eine Sekunde ohne sie leben zu können. »Wir können ja gute Freunde bleiben.«

Und das versuchte Bergmann nun schon seit einer Woche intensiv, aber es stellte sich als sogar noch um einiges schwieriger heraus, als er es ohnehin schon erwartet hatte.

Weil Carina nämlich nicht nur im selben Haus zwei Etagen über ihm wohnte und Hannas beste Freundin war, sondern weil sie außerdem genauso oma- und mutterfreundinnenlos war wie Hanna und er und darum also diese Ferien mit ihnen gemeinsam auf der Türschwelle verbrachte. Da sollte mal jemand versuchen, nur ein guter Freund zu sein.

»Was ist denn daran so schlimm?«, hatte Hanna tröstend gesagt. »Es ist jetzt eben alles wieder so wie früher. Bevor du sie geliebt hast. Genau wie die zwölfeinhalb Jahre vorher.«

Aber nichts kann jemals wieder so werden, wie es war, wenn man ein Mädchen einmal geliebt und mit ihr abwechselnd aus derselben Dose Noname-Cola getrunken und beim 18-Uhr-Film im Jugendzentrum ihre Hand gehalten und sie auf dem Schulhof geküsst hat. Inzwischen war Bergmann überzeugt davon, dass derjenige, der sich den Spruch ausgedacht hatte, Menschen könnten nach dem Ende einer großen Liebe gute Freunde bleiben, ganz bestimmt niemals in seinem Leben geliebt hatte. Niemals.

Jetzt im Augenblick überlegte Bergmann sogar, ob er sich nach Carinas dreister Beleidigung wild brüllend auf sie stürzen und einen Hitzschlag riskieren sollte, aber dann entschied er sich dagegen. Wer wusste denn, wofür er seine Kräfte in den nächsten Wochen noch brauchen würde.

»Du könntest stricken lernen, Bergmann«, sagte Hanna aufmunternd. »Wie ich deine Auffassungsgabe kenne, bist du bestimmt den Rest der Ferien damit beschäftigt, auch nur die einfachsten geraden Maschen zu begreifen.«

In diesem Moment kam das Auto über die Kreuzung gefahren.

»Auf, auf«, sagte Hanna und zupfte an Bergmanns T-Shirt. »Tomaten schneiden.«

Bergmann zog eine Grimasse.

»Sollte ich später in diesem Land was zu sagen haben, verbiete ich Sommerferien«, sagte er.

»Unwahrscheinlich«, sagte Carina.

Hanna hatte recht gehabt, aber dazu gehörte nach den fünf Jahren, die ihre Mutter den Laden in der Igor-Strawinsky-Straße nun bald hatte, auch nicht besonders viel.

»Könnt ihr mal hochtragen helfen?«, sagte Frau

Bergmann und klappte die Rückenlehne des Beifahrersitzes nach vorne, um an die Kisten auf der Rückbank zu kommen. »Oh, hallo, Carina. Es sind wieder so viele Tomaten übrig geblieben. Und von den Kirschen sollten wir auch welche einkochen, bevor sie schimmeln, glaube ich.«

»Ich trag auch was hoch«, sagte Carina und nahm Bergmann die Kiste mit den Tomaten aus der Hand. Die Tomaten sahen aus, wie sie sich fühlte: schlapp, ausgedörrt und so, als wollten sie demnächst das Zeitliche segnen.

»Ums Tragen geht es hier weniger«, sagte Hanna und schlug behutsam die Autotür zu. Sie hatten sich alle angewöhnt, behutsam mit dem Auto umzugehen, das schon seit Jahren so aussah, als würde es hauptsächlich durch den Schriftzug auf der Seite zusammengehalten, der jedem, der lesen konnte, in strahlendem Grün mitteilte, dass er es hier mit *Bergmanns Bioladen* zu tun hatte, während der Zustand des Autos gleichzeitig deutlich machte, dass es um diesen Laden ganz offensichtlich finanziell nicht zum Besten stand.

»Die richtige Arbeit kommt in der Küche. Hast du schon mal 10 Kilo Tomaten geschnitten?«

»Jeden zweiten Tag«, sagte Bergmann. Im fast kühlen Treppenhaus gewann er offensichtlich genügend Kraft zurück, um zu antworten.

»Du doch nicht, Dödel«, sagte Hanna. »Ich meine Carina.«

Frau Bergmann schloss die Wohnungstür auf. »Gott, ist das eine Hitze«, sagte sie. »Da sollte man doch glauben, dass die Leute geradezu nach Obst und Gemüse lechzen. Aber der Laden ist wie tot.« »Alle in Urlaub«, sagte Carina tröstend.

Frau Bergmann schüttelte den Kopf. »Doch nicht das ganze Jahr und immer«, sagte sie. »Fünf Jahre lang das ganze Jahr und immer.«

»Der Ökoboom ist vorbei«, sagte Bergmann und holte, ohne gefragt worden zu sein, Messer und Holzbretter aus dem Schrank. »Könnte doch sein, du hast auf das falsche Pferd gesetzt, Luise.«

»Nenn Mama nicht Luise«, sagte Hanna.

Carina nahm sich ein Messer. »Ich darf meine Eltern mit Vornamen anreden«, sagte sie und wollte eine Tomate auf ihr Brettchen legen. Hanna schnappte sie ihr aus der Hand und legte sie zu den anderen in ein Plastiksieb. Dann ließ sie reichlich Wasser darüber laufen. »Nur dass Mama unglücklicherweise Elke heißt«, sagte sie. »Die Stielansätze immer rausschneiden. Was machst du diesmal daraus, Elke?«

Frau Bergmann guckte bekümmert. »Milchsaures Mischgemüse haben wir bis ins Jahr 2050«, sagte sie. »Aber wenn wir zur Abwechslung mal Tomatensuppe mit Reis kochen und hoffen, die Hälfte der Stadtbevölkerung hat morgen bei der Hitze keine Lust, am Herd zu stehen, und kauft sich stattdessen frisch gekochte Ökosuppe ohne Konservierungsstoffe, können wir natürlich auch ganz erbärmlich auf die Nase fallen. Zwei Tage hält die Suppe höchstens, danach müssen wir sie dann auch wegkippen. Und dann war unsere ganze Arbeit heute Abend umsonst.«

Bergmann hatte schon mindestens fünf Tomaten geschafft. »Also, was nun?«, fragte er ungeduldig. Frau Bergmann zuckte die Achseln. »Wahrscheinlich will die Hälfte der Stadtbevölkerung an einem brüllheißen Tag eher *keine* Ökosuppe ohne Konservierungsstoffe«, sagte sie resigniert. »Machen wir wieder milchsauer.«

Hanna stöhnte. »Das kriegst du doch niemals alles los!«, sagte sie. Hanna war die Realistische in der Familie, aber bisher hatte ihnen das wenig genützt. Familienvorstand war schließlich immer noch Frau Bergmann.

»Und ich koch in der Zeit Kirschmarmelade«, sagte sie jetzt und ihr Gesicht hellte sich auf. »Die geht total gut weg, wenn ich sie in alte Marmeladengläser fülle und so kleine geblümte Stoffreste über den Deckel binde. Dann kaufen die Leute sie, um sie zu verschenken. Die behaupten dann, sie haben sie selber eingekocht«, und sie holte sich einen Topf aus dem Topfschrank.

Carina wischte sich mit dem Unterarm den Schweiß von der Stirn. »Vielleicht sollten Sie mit dem Laden Schluss machen«, sagte sie vorsichtig. »Wenn doch so wenig gekauft wird.« Carina hatte bisher mit Abstand die wenigsten Tomaten geschnitten. Schließlich hatte sie nicht wie die anderen fünf Jahre Erfahrung darin, allabendlich Reste zu verwerten.

Frau Bergmann schüttelte den Kopf und streute vorsichtig Zucker auf die entkernten Kirschen. »Nie Gelierzucker nehmen«, sagte sie. »Das wird Pampe.«

Sie rührte vorsichtig um, dann lehnte sie sich gegen den Kühlschrank.

»Es ist die Lage!«, sagte sie. »In der Igor-Strawinsky-Straße liegt der Laden falsch, verstehst du? Das ist keine Gegend, wo die Leute sich nun direkt um Ökologisches reißen. Und in den Gegenden, wo die Leute genug Geld dafür hätten, ist für mich die Miete zu hoch.« Sie seufzte. »Das ist eins der Paradoxe, an denen das Leben so reich ist.«

»Paradoxe?«, fragte Carina verständnislos, aber Frau Bergmann redete schon weiter.

»Ich kann also immer nur hoffen, dass die aus den Gegenden mit dem Geld zu mir in die Gegend mit den niedrigen Mieten gefahren kommen, um ihr Gemüse und ihre Milch und ihr Brot zu kaufen«, sagte sie. »Aber das machen sie höchstens, solange die Kinder klein sind und sie nichts anderes im Kopf haben. Danach wird ihnen das zu stressig.«

»Gemein!«, sagte Carina, die das dringende Bedürfnis hatte, irgendwie zu trösten.

Aber Frau Bergmann schüttelte den Kopf. »Quatsch!«, sagte sie. »Würde ich doch auch nicht tun. »Den Stielansatz rausschneiden, Carina, genau. Stell dir mal vor, immer fünfzehn Kilometer fahren, um eine Gurke zu kaufen – nee.«

Carina starrte sie an. »Aber wenn Sie das wissen«, sagte sie erschüttert, »warum machen Sie dann weiter?«

Frau Bergmann lachte. »Ich hab immer noch Hoffnung«, sagte sie. »Verrückt, aber so ist das nun mal.« In diesem Moment sprang Hanna zum Herd. »Vielleicht solltest du mal ein bisschen weniger hoffen und ein bisschen mehr tun«, sagte sie vorwurfsvoll. »Du hättest auch mal auf die Marmelade aufpassen können«, und sie hob den Topf blitzschnell von der Kochplatte. Klebrig und heiß quoll ein zähflüssiger roter Brei über den Rand und verkohlte zischend auf der heißen Schnellkochplatte. »Nun müssen die Leute selber Marmelade einkochen, wenn sie welche verschenken wollen.«

Frau Bergmann fluchte. »Wie ich es hasse, den Herd zu putzen!«, sagte sie. »Ich hätte da tatsächlich ein Angebot für einen Laden in bester Lage. In allerbester Lage. Aber der kostet so unglaublich viel …«

»Wie viel?«, fragte Carina.

»Und warum hast du uns nichts davon erzählt?«, fragte Hanna. Sie war zu den Tomaten zurückgekehrt und hatte ihrer Mutter den Herd überlassen. »Das müssen wir ja wohl vielleicht auch mal wissen?«

Frau Bergmann guckte bekümmert. »Ich wollte nicht, dass du mir gleich wieder erzählst, dass ein Umzug für mich nicht infrage kommt«, sagte sie. »Weil das Geld fehlt. Das weiß ich schließlich selber. Aber du bist immer so streng mit mir. Und ich wollte einfach mal ein paar Tage lang träumen.«

Hanna tippte sich gegen die Stirn. »Zum Träumen sind die Nächte da«, sagte sie entschieden. »Und nun putz den Herd, Elke.«

Aber daraus wurde nichts mehr, weil das Telefon klingelte. Frau Bergmann schmiss den Stahlschwamm auf den Herd und rannte ins Wohnzimmer.

»Bergmann?«, sagte sie einigermaßen außer Atem. So alltäglich können Wunder manchmal anfangen.

»Sie ist so unsäglich kindlich«, sagte Hanna und nahm Carina das Messer aus der Hand, um damit wenigstens die gröbste Schicht verkohlter Marmelade vom Herd zu kratzen. »Sie hat es sich nun mal in den Kopf gesetzt, die Welt mit ihrem ungespritzten Gemüse zu retten, und davon wird sie auch keiner von uns abbringen, solange sie auch nur noch zwei Pfennige hat, um drei Kartoffeln und ein Stück Tofu fürs Lager anzuschaffen.«

»Tatsächlich?«, sagte Carina. Ihr Vater fuhr Gabelstapler in einem großen Möbelmarkt, und bisher hatte sie Hanna und Bergmann eigentlich immer darum beneidet, dass sie eine Mutter mit einem Geschäft hatten. Wer ein Geschäft hatte, war fast so was Ähnliches wie reich.

Dabei hätte sie natürlich eigentlich schon viel früher merken müssen, wie unsinnig das war. Wer im Geld schwimmt, trägt schließlich nicht jahrelang dasselbe Sweatshirt, auch wenn es allmählich so klein geworden ist, dass das Bündchen längst den Gürtel nicht mehr erreicht. Aber als sie noch mit Bergmann gegangen war, hatte Carina sich tatsächlich manchmal vorgestellt, wie sie später in ihrem eigenen Laden stehen würde, mit frisch gestärkter Schürze und Häubchen wie in der Dallmayr-pro-domo-Werbung, und Popstars und Filmgrößen biologische Delikatessen über den Tresen reichte. Nicht dass sie Schürze und Häubchen besonders kleidsam fand; aber sie erschienen ihr als Symbole für Geld und Vornehmheit im Lebensmittelhandel. Vielleicht war es ganz gut, dass sie die engere Bindung zu Bergmann rechtzeitig beendet hatte.

»Das mit dem größeren Laden müsste man sich vielleicht noch mal durch den Kopf gehen lassen«, sagte Hanna. »Bergmann, kannst du mal die Tomaten in den Keller tragen? Aber wahrscheinlich scheitert alles schon daran, dass keine Bank so blöde ist, Mama den Kredit zu geben, den sie brauchen würde.«

»Was du alles weißt«, sagte Carina. »Wohin kommen die Tomaten?«

»In den Keller«, sagte Hanna. »Mit viel Salz. Das macht sie sauer und haltbar. Milchsaures Gemüse. Und wenn wir den Kredit kriegen würden und der Laden würde nachher auch in allerbester Lage nicht laufen und wir könnten das Geld nicht zurückzahlen – nee, ist schon besser so, wie es ist.« »Aber in so einer tollen Gegend?«, sagte Carina. »Mit so toller Kundschaft?« Vor ihrem inneren Auge erschien jetzt

Frau Bergmann mit Häubchen und Schürze, wie sie gerade Boris Becker verschwörerisch ein Glas selbst eingekochte Marmelade über den Tresen reichte. Der Bundeskanzler und sogar Carinas Klassenlehrerin hatten sich geduldig in die Schlange hinter ihm eingereiht, und an ihren Gesichtern konnte man ablesen, dass sie alle keinen sehnlicheren Wunsch hatten als den, noch ein Glas Bergmann'scher Marmelade zum Weiterverschenken zu erwischen. »Wenigstens probieren könnt ihr ja mal.«

»Damit wir nachher völlig pleite sind und im Park schlafen müssen? Nee«, sagte Hanna. »Das rede ich ihr aus. Na, Mama?« Sie guckte ihrer Mutter entgegen, die mit einem sonderbaren Gesicht aus dem Wohnzimmer kam.

»Das Leben ist voller Überraschungen«, sagte Frau Bergmann und ließ sich auf einen Küchenstuhl sinken. Hanna sah gleich, dass sie keinerlei Anstalten machen würde, die Herdplatte zu schrubben.

»Paradoxe?«, fragte Carina vorsichtig.

Aber Frau Bergmann hörte sie gar nicht. »Damit können wir das mit dem großen Laden gleich in den Wind schreiben«, sagte sie. »Das war eine Gemeindeschwester am Telefon. Wie die wohl auf meine Spur gekommen ist? Wir müssen für einige Zeit meinen

Urgroßonkel zu uns nehmen. Ich hab einen Urgroßonkel.«

»Oh!«, sagte Carina.

Hanna zog sich vorsichtig auch einen Stuhl an den Tisch. Sie begriff, dass das, was jetzt zu besprechen war, besser im Sitzen besprochen werden sollte.

»Davon hast du nie erzählt«, sagte sie.

Frau Bergmann fuhr sich mit den Fingern durch die Haare. Auf der Stirn blieb eine rote Spur aus Kirschsaft zurück.

»Weil ich ja keine Ahnung davon hatte«, sagte sie. »Obwohl mir der Name jetzt bekannt klingt. *Onkel Otto*. Ich weiß, mein Opa hat früher von dem erzählt.«

»Onkel Otto?«, fragte Carina. »Und wie alt soll der sein?«

Frau Bergmann zuckte die Achseln. »Scheintot?«, sagte sie. »Keine Ahnung. Aber über hundert muss der doch auf alle Fälle sein, wenn er der Onkel von meinem Opa ist. Jedenfalls gibt es ihn noch und jedenfalls hat er bisher da ganz allein in diesem Dorf gewohnt …«

»In welchem?«, fragte Hanna, aber Frau Bergmann hatte Wichtigeres zu erzählen.

»Und er ist wohl auch ganz gut klargekommen. Ab

und zu hat die Gemeindeschwester nach ihm gesehen und so Frauen aus dem Dorf haben beim Putzen geholfen, was weiß ich. Und dann hat er vor vier Wochen eine Blinddarmentzündung gekriegt.« »Blinddarmentzündung?«, sagte Bergmann, der gerade mit der geleerten Tomatenschüssel hereinkam. »Wer?«

Hanna winkte ab. »Ururgroßonkel Otto«, sagte sie streng. »Erzähl weiter, Mama.«

Frau Bergmann nickte. »Er soll so ein unglaublich zäher alter Mann sein, sagt die Gemeindeschwester. Die Ärzte meinen alle, der kommt wieder ganz auf die Beine. Der kann wieder zu Hause weitermachen wie bisher, der wäre eine Katastrophe für jedes Pflegeheim, der würde da alles aufmischen, sagt die Gemeindeschwester.« Frau Bergmann seufzte. »Aber direkt aus dem Krankenhaus kann er noch nicht nach Hause«, sagte sie dann. »Erst mal braucht er jetzt jemanden, der nach ihm guckt, damit er richtig zu Kräften kommt. Und da hat sie eben nach jemandem gesucht, der das machen kann.«

»Nein!«, sagte Hanna voller schlimmster Erwartungen. »Nein, Mama, nein! Wir kennen den doch gar nicht!«

»Wir sind die einzigen Verwandten, doch, ich glaube, das stimmt«, sagte Frau Bergmann kleinlaut.

»Und nun hat sich diese Gemeindeschwester schon mal die Mühe gemacht, uns aufzutreiben …«

»Nein, Mama, nein!«, schrie Hanna. »Das meinst du doch nicht ernst! In unseren Sommerferien!«

»Darum ja gerade«, sagte Frau Bergmann bekümmert. »Jetzt geht es gerade mal, jetzt seid ihr zu Hause. In der Schulzeit hätte ich absagen müssen.«

»Ich zieh zu Carina«, sagte Hanna und stand auf.

»Ich hab ihn nicht eingeladen.«

»Du kannst dich doch nicht drücken!«, schrie Bergmann. »Und mich mit dem alleine lassen! Es ist doch nur für kurze Zeit!«

Aber Hanna war schon aus der Küche.

»Werdet ihr schon sehen, was ich kann«, sagte sie.

»Komm, Carina.«

Dann knallte sie die Tür ins Schloss.

»Kann doch sein, er ist reich«, sagte Carina.

Sie hatte sich mit Hanna auf die Treppe im zweiten Stock gesetzt. Es war streng verboten, sich im Treppenhaus zu unterhalten, aber wenn es an einem heißen Tag keinen anderen Raum gab, in dem die Temperaturen zum Überleben so günstig waren, musste wohl selbst der Hausmeister begreifen, dass hier Ausnahmen gerechtfertigt waren.

»Und ihr erbt dann alles.« Carina seufzte. »Doch, das glaub ich, du. Wo ihr doch die einzigen Verwandten seid.«

Hanna tippte sich gegen die Stirn. »Du bist eine Träumerin, Herzlieb«, sagte sie. »Als du mit Bergmann Schluss gemacht und aufgehört hast, die Fernseh-Billigserien live nachzuspielen, hab ich die Hoffnung gehabt, dass du dich nun der Wirklichkeit des Lebens stellen willst. Diese Hoffnung hast du eben gerade mitleidlos zertrümmert.«

»Rede nicht so«, sagte Carina. Sie hatte wieder angefangen, an ihren Füßen zu pulen. »Warum soll der denn kein reicher Erbonkel sein? Der ist alt, der ist allein …«

»… und die Gemeindeschwester sucht händeringend jemanden, der sich um ihn kümmern könnte«, sagte Hanna. »So ist das ja immer bei Millionären, nicht? Dass sie verzweifelt jemanden suchen, der sie gratis in ihrer Dreizimmerwohnung versorgt.« Carina guckte böse. »Im Film ist es jedenfalls immer so«, sagte sie, und jetzt hatte sie an ihrem rechten Fuß offenbar etwas gefunden, das sich lohnte. »In Büchern auch. Also.«

Hanna seufzte. »Eben weil es im Leben *nicht* so ist, du kleines Dummi«, sagte sie. »Weil das Leben so trostlos ist, wollen die Leute wenigstens im Film …«

»Ruhe da oben!«, brüllte eine Stimme aus dem Erdgeschoss. »Keine Gespräche im Treppenhaus! Kennt ihr nicht den Mietvertrag?«

Hanna kicherte. »Den liest Mama mir jeden Abend vor dem Schlafengehen vor«, flüsterte sie und rollte mit den Augen. »Danach kann ich immer so schön schlafen.«

Carina kicherte auch, aber bis zum Erdgeschoss war das bestimmt nicht zu hören. Schon weil Hanna jetzt »Oh, entschuldigen Sie bitte, Herr Tietzack!« rief. Dann warteten sie, bis unten die Wohnungstür geschlossen wurde.

»Da hast du das Leben«, sagte Hanna. »So ist es nämlich. Haargenau so.«

»Ach, sei doch nicht immer so pessimistisch«, sagte Carina.

Aber ganz so pessimistisch war Hanna ja vielleicht gar nicht mehr.

Jedenfalls ging sie jetzt doch nicht mit zu Carina nach Hause. Für ganz ausgeschlossen hielt sie Carinas Überlegungen also wohl doch nicht.

»Müssen wir hier nicht langsam mal abbiegen?«, fragte Frau Bergmann, als sie am Sonntag im Auto saßen, bei heruntergekurbelten Fensterscheiben, und dem

Ziel entgegenschmorten. Das Quecksilber war um kein einziges Grad gefallen, und auch wenn man alle vier Fenster so weit öffnete, wie es ging – was nicht ganz so furchtbar weit war, weil beim Fahrerfenster und dem hinteren rechten der Mechanismus nicht mehr funktionierte –, hatte das Wageninnere in etwa die Temperatur eines Pizzaofens. »Hier müssen wir doch langsam mal links!«

Hanna, die die Karte auf den Knien hatte, stöhnte. »So was von Hinterwald!«, sagte sie deprimiert. Der letzte einigermaßen größere Ort lag seit einer Viertelstunde hinter ihnen, und seitdem hatten sie nichts mehr gesehen als Kühe und verdorrtes Weideland und noch mehr Kühe und noch mehr verdorrtes Weideland. »Dass hier Menschen leben, nee.«

»Könnte man auch romantisch finden«, sagte Bergmann. »Stille. Einsamkeit. Gar nicht so ungeil.«

»Hier jetzt!«, sagte Frau Bergmann. »Da ist das Schild!« Und sie bog in eine Straße ein, die noch schmaler und an den Rändern noch ausgefranster und in der Mitte noch stärker von Schlaglöchern zerfressen war als die vorige. »Na, im Zentrum des Trubels lebt der tatsächlich nicht. Aber in der Nähe soll es einen See geben, gar nicht weit weg.«

»Den brauch ich jetzt auch«, sagte Bergmann. »Zur

Abkühlung. Vielleicht könnte man den Opa ja mal öfter besuchen? Schön schwimmen gehen? Wie so ein Wochenendhaus?«

»Das ist kein Badesee«, sagte Frau Bergmann. »Der ist total verschilft, ich hab ja auch gleich gefragt. So, das dritte Haus rechts, da wohnt die Gemeindeschwester. Die bringt uns hin. Benehmt euch.«

Hanna seufzte. Nicht mal ein Badesee und das Dorf trostlos und abgelegen und weit weg von allem. Das sollte Carina vielleicht mal sehen mit ihren Vorstellungen vom Reichtum.

»Na bitte«, sagte Frau Bergmann und bremste. »Da ist es ja.«

Die Gemeindeschwester hatte schon auf sie gewartet. Sie stand vor der Tür und winkte, und wenn irgendwer vielleicht gedacht hatte, sie hätte Familie Bergmann zuerst in ihr Haus dirigiert, weil sie eine kleine Stärkung nach der heißen Fahrt reichen wollte, eine eisgekühlte Cola eventuell oder wenigstens ein Glas selbst eingekochten Saft, dann hatte sich der getäuscht.

»Ich steig mal zu Ihnen«, sagte sie freundlich und wirkte frisch und kein bisschen erhitzt. »So weit ist es gar nicht. Ein Nachbar hat ihn heute morgen aus dem Krankenhaus geholt. Es geht ihm erstaunlich gut. Ich habe schon alles gepackt. Sie können gleich weiterfahren.«

Bergmann ächzte. »So hab ich mir meine Ferien immer vorgestellt«, flüsterte er.

Und wenn Carina jetzt noch das Haus gesehen hätte, wären ihre Träume vom Reichtum wahrscheinlich endgültig zerplatzt, dachte Hanna. Da lag es, an einem kleinen Sandweg, über dem die Hitze flirrte, und wartete seit mindestens fünfzig Jahren auf frische Farbe. Die Fensterrahmen sahen aus, als hätten sie ihren letzten Anstrich ungefähr bei der Abdankung des letzten deutschen Kaisers erhalten, und im verwilderten Garten lehnte sich Schuppen an Schuppen. Offenbar konnte sich Ururgroßonkel Otto nur schwer von allem trennen, was er in seinem langen Leben einmal in Besitz genommen hatte. Unter Dächern aus Wellblech und Dachpappe und Plastikplanen stapelten sich alte Sofas und Rasenmäher und Leitern und Säcke mit Dünger und ein ausrangiertes Küchenbuffet. »Mein lieber Scholli«, murmelte Bergmann erschüttert. Nur rechts neben dem Plattenweg lagen Gemüsebeete wie aus dem Gartenbuch. Linealgerade Reihen Kartoffelpflanzen und Erbsen und Salat und grüne Bohnen wetteiferten mit kleinen Rechtecken aus Petersilie und Schnittlauch; abgeerntete Erdbeerpflanzen, die für dieses Jahr ihre Arbeit erledigt hatten, wirkten erschöpfter als der Rest, und am Rand wuchsen Stachelbeer- und Johannisbeersträucher.

»Den hält er immer noch topfit in Schuss, seinen Gemüsegarten«, sagte die Gemeindeschwester. »Daran sehen Sie ja schon, der ist noch ganz gut beieinander. Als er jetzt im Krankenhaus war, hab ich mich natürlich gekümmert.«

Frau Bergmann nickte. Die zinnsoldatenordentlichen Gemüsereihen hatten sie etwas beruhigt. Wer seinen Garten noch so versorgen konnte, der konnte unmöglich vollkommen hinfällig sein. Die Angst, dass der Besuch sich vielleicht länger hinziehen könnte als geplant, weil der alte Mann einfach nicht wieder zu Kräften kam, schwand. Wahrscheinlich wollte er möglichst schnell zurück, um seine Kartoffeln selber zu ernten.

»Im Haus sieht es nicht ganz so aus«, sagte die Gemeindeschwester warnend, als sie die Türklinke herunterdrückte. »Ich bitte mal ein paar Frauen, sich darum zu kümmern, wenn er jetzt bei Ihnen ist.«

Und die Warnung war notwendig gewesen, das roch man sofort.

»Ich fall tot um!«, murmelte Bergmann, aber dann hielt er sich doch lieber nur die Nase zu und folgte seiner Mutter und der Gemeindeschwester durch den dunklen Flur in ein nicht viel helleres Wohnzimmer.

»Hallo, Herr Pelletier!«, sagte die Gemeindeschwester in so einem heiteren Pflegepersonalton. »Hier bringe ich Ihnen Ihre Urgroßnichte!«

Auf einem Sofa, dessen Sitzfläche, wohl um sie zu schonen, von einer schottisch karierten Wolldecke verhüllt war, saß ein alter Mann. Es war der kleinste und schrumpeligste und garantiert mit Abstand älteste Mann, den Hanna und Bergmann je gesehen hatten, und er machte nicht den Eindruck, als ob er sich über ihren Besuch freute.

»Ich hab keine Nichte!«, sagte er energisch. »Ich hab nie geheiratet, wann begreift ihr das denn alle endlich? Nicht festlegen, Otto, pflücke die Blumen am Wegesrand, das war immer mein Motto, hihihi«, und dann lachte er so ein hohes, kicheriges Greisenlachen, dass Hanna am liebsten nach draußen gerannt wäre.

»Eigentlich ist er noch ganz klar!«, flüsterte die Gemeindeschwester Frau Bergmann zu. Dann strahlte sie wieder den alten Mann an. »Ihre Urgroßnichte, Herr Pelletier!«, rief sie fröhlich. »Um Nichten zu haben, muss man nicht verheiratet sein!«

Der Alte guckte ein bisschen verwirrt, als fände er

die komplizierten Verbindungen in Familiengeflechten für jemanden in seinem Alter nur noch schwer durchschaubar, aber dann entdeckte er Frau Bergmann.

»Oho, schönes Kind!«, rief er und stand tatsächlich vom Sofa auf. Hanna registrierte mit Erleichterung, dass er sich dazu zwar auf seinen Stock stützte, sonst aber offenbar noch ganz beweglich war. »Wie ist dein Name, tralala!« Und mit Schritten, die sicherlich zugleich graziös und galant gedacht waren, tänzelte er auf Frau Bergmann zu und kniff sie in die Wange. »Pflücke die Blumen am Wegesrand!«, deklamierte er und kniff zum zweiten Mal. Dann fing er an zu singen. *»Schöne Maid, hast du heut für mich Zeit? Tralalalalala!«* »Herr Pelletier!«, rief die Gemeindeschwester. »Sie sind ja betüdelt! Sie sollten sich wirklich schämen, wo Ihre Urgroßnichte extra gekommen ist …«

Aber jetzt war der Alte in Schwung gekommen. *»Die süßesten Früchte fressen nur die größten Tiere!«*, schmetterte er. *»Denn weil die Bäume hoch sind …«*

»Herr Pelletier«, rief die Gemeindeschwester.

»… und diese Tiere groß sind!«, sang der Alte. Dann tippte er Hanna gegen die Brust. »Da ist ja noch so eine süße Blume! Na, min Seuten? Ihr verwöhnt mich ja heute richtig!«, und er kicherte wieder und sank auf das Sofa zurück.

»Er trinkt sonst nicht, da können Sie ganz beruhigt sein«, sagte die Gemeindeschwester. »Dann könnte er das alles hier ja gar nicht so in Schuss halten. Das war wohl nur aus Freude darüber, dass er nun aus dem Krankenhaus ist.«

Frau Bergmann sah bleich und eingefallen aus. »Also, wenn er trinkt …«, sagte sie, aber die Gemeindeschwester winkte ab.

»Knochentrocken«, sagte sie. »Wirklich, das ist er normalerweise. Machen Sie sich keine Sorgen. So, Herr Pelletier, jetzt geht die Reise los«, und mit einer Hand packte sie ihren Schutzbefohlenen am Ellenbogen, mit der anderen griff sie nach einem kleinen, nagelneuen Reisekoffer.

Der Rekonvaleszent warf Frau Bergmann eine Kusshand zu, während er sich langsam am Arm der Gemeindeschwester zum Auto bewegte.

»Du bist die Rose, die Rose vom Wörthersee!«, sang er fröhlich. *»Tiriliririla-dijö! Tiri …«*

»Sie dürfen sicher vorne sitzen, Herr Pelletier«, sagte die Gemeindeschwester energisch und half ihm auf den Beifahrersitz. »Eine schöne Zeit wünsche ich Ihnen! Erholen Sie sich gut! Kommen Sie bald wieder!« Frau Bergmann trat auf die Kupplung und fuhr los, ohne noch einen Blick zurückzuwerfen.

Über dem Brummen des Motors war noch eine ganze Weile eine hohe, zitterige Männerstimme zu hören, die schmelzend verkündete, dass das Herz ihres Besitzers schon seit sieben Jahren nach einer gewissen Rosemarie schrie. Dann verschwand der Wagen hinter einer Kurve.

»Der ist doch völlig durchgeknallt«, sagte Bergmann, als sie am Abend zu dritt am Abendbrottisch saßen.

Frau Bergmann hatte ihren Urgroßonkel sofort nach der Ankunft in sein Bett gebracht.

»Nun lasst uns erst mal abwarten«, sagte sie müde. »Zur Not muss er eben zurück.«

Nachdem er noch ein paar Lieder zum Besten gegeben und zwei- bis dreimal erklärt hatte, dass er aus Prinzip jede Blume am Wegesrand pflückte, war er auf der Rückfahrt ziemlich schnell eingeschlafen. Er hatte so laut geschnarcht, dass sie zum ersten Mal seit Jahren nicht die ganze Zeit die unerklärlichen Motorgeräusche gehört hatten, die sie seit undenklichen Zeiten bei jeder Fahrt daran erinnerten, dass auch einem Auto kein ewiges Leben beschieden ist und dass dieses hier zumindest bald das Zeitliche segnen würde.

Er hatte so laut geschnarcht, dass sie sich nicht hatten unterhalten können, und ab und zu war sein magerer Oberkörper gegen Frau Bergmanns Schulter gesackt. Dann hatte sie ihn sanft zurückgeschoben. Schließlich brauchte sie ihren rechten Arm, um die Gangschaltung zu bedienen.

»Vielleicht hat er sich heute Morgen nur so zugedröhnt, weil er Angst hatte«, sagte Hanna. »So ein alter Mann, und dann soll er zu Verwandten fahren, die er gar nicht kennt …«

Frau Bergmann nickte. »Wenn wir Glück haben, ist er morgen klar«, sagte sie. »Morgen lass ich ihn euch da. Ich glaube nicht, dass ihr euch viel kümmern müsst. Setzt ihn vor den Fernseher. Und darauf achten, dass er viel Flüssigkeit zu sich nimmt. Jetzt, bei der Hitze.«

»Kann er sich alleine anziehen?«, fragte Hanna. In ihrem Kopf hatten sich schon den ganzen Nachmittag beängstigende Bilder von blau geäderten dünnen Männerbeinen zusammengebraut, über die sie Feinrippunterhosen zu streifen versuchte, während Ururgroßonkel Otto sie in die Wange kniff und ihr singend mitteilte, dass sie die Rose vom Wörthersee sei.

»Das kann er«, sagte Frau Bergmann. »Klar. Er ist ja noch total fit, sagt die Gemeindeschwester. Er soll sich hier nur einige Zeit schonen. Seid einfach ein bisschen nett zu ihm.«

»Und wenn er sich wieder besäuft?«, fragte Bergmann.

Frau Bergmann schüttelte den Kopf. »Wir haben doch gar nichts im Haus«, sagte sie beruhigend. »Nun macht euch mal wirklich nicht zu viele Sorgen. Das werden vielleicht zwei, drei ganz interessante Wochen.«

Sie sollte recht behalten.

»So hab ich mir meine Ferien immer vorgestellt, haargenau so«, sagte Bergmann am nächsten Morgen wieder. Es war neun Uhr und aus Ururgroßonkel Ottos Zimmer kamen noch immer gleichmäßige laute Schnarchgeräusche. »Es ist Sommer; es ist heiß; aber statt ins Schwimmbad zu gehen, sitze ich hier und bewache einen versoffenen Greis.«

»Erstens ist er vermutlich nicht versoffener als du und zweitens hast du sowieso kein Geld fürs Schwimmbad mehr«, sagte Carina. »Also.«

Sie war vor ungefähr einer Viertelstunde zu ihnen nach unten gekommen. Schließlich war ihr Schwimmbadgeld auch ausgegeben und es war unwahrscheinlich, dass ihr in der ausgestorbenen Stadt an diesem Morgen etwas Aufregenderes als ein Ururgroßonkel begegnen würde.

In diesem Moment hörten sie schlurfende Schritte, dann wurde die Küchentür aufgedrückt. »Hallihallo!«, sagte Ururgroßonkel Otto und guckte sich ein bisschen irritiert um. »Hab ich verschlafen? War schon Frühstück?«

Er trug tatsächlich einen kühnen Schlafanzug aus lila Frottéstretch mit grünen Streifen, dessen Hosenbeine ungefähr eine Handbreit umgeschlagen waren. Hanna hätte eigentlich gerne gewusst, ob er schon immer so klein gewesen oder erst im Alter geschrumpft war.

»Hallo, Ur-Otto!«, sagte sie aufmunternd. Sie hatte sich dafür entschieden, ihn nicht mit vollem Namen zu nennen. Ururgroßonkel wäre auf die Dauer doch anstrengend gewesen und erschien ihr außerdem auch als zu langes Wort für einen eher kurzen Mann.

»Nein, du kannst frühstücken, wann du willst. Was möchtest du denn haben?«

Ur-Otto guckte immer noch ein bisschen verwirrt. Allmählich kam die Erinnerung an den gestrigen Tag zurück und über sein Gesicht lief so etwas wie Erschrecken.

»Erst mal anziehen, min Seuten«, sagte er und zwinkerte Hanna zu. »Mit Damen soll man bekleidet dinieren, was?« Und jetzt zwinkerte er auch in Carinas Richtung.

»Wenn du erst duschen willst …«, sagte Hanna.

Der alte Mann drehte sich zur Tür. »Waschen, ja, das muss sich der Mensch«, sagte er energisch. »Das lieben alle Damen. Du kannst mir einen schönen starken Bohnenkaffee kochen, min Seuten«, und er zog die Küchentür hinter sich zu.

»Mann!«, sagte Bergmann erschüttert. »Der baggert ja wohl jede an! Und das in dem Alter.«

Hanna goss Wasser in die Kaffeemaschine. »Da hast du deinen Millionär, Carina«, sagte sie. »Der ist doch so was von peinlich!«

Carina stützte den Kopf in die Hände. »Ich finde ihn süß«, sagte sie verträumt. »Das ist doch irgendwie niedlich, wenn einer in dem Alter noch zu flirten versucht.«

»Albern ist das, total bescheuert!«, sagte Bergmann. »Wahrscheinlich kann der sich nicht mal mehr daran erinnern, dass nach dem Flirten eigentlich noch was kommen sollte.«

»Du bist ja eifersüchtig, Bergmann!«, rief Carina begeistert. »Eifersüchtig auf einen über Hundertjährigen!«

Hanna schaltete die Kaffeemaschine ein und zog die Küchengardinen zu. Von draußen wogte schon jetzt hochsommerliche Hitze in die Küche.

»Ach, hört doch auf, euch zu streiten«, sagte sie erschöpft. »Lasst uns lieber mal überlegen, wie wir den Tag mit Ur-Otto rumkriegen können.«

Zunächst ließ sich alles gar nicht schlecht an. Ur-Otto kam in die Küche und verbreitete einen Geruch nach Birkenwasser und Palmolive, der für fünf Männer seiner Größe gereicht hätte. Er trug graue Opahosen und ein kariertes Hemd mit kurzen Ärmeln, und die Haare hatte er mit Wasser zurückgekämmt. Alles in allem sah er sehr unternehmungslustig aus.

»Die reinste Versammlung schöner Frauen hier an meinem Frühstückstisch!«, sagte er und zwinkerte diesmal so ganz allgemein in die Runde. »Schöne Frauen und echter Bohnenkaffee, was will der Mensch mehr!« Und er schlürfte vorsichtig den ersten Schluck aus seiner Tasse.

»Schnaps«, murmelte Bergmann, »das will der Mensch manchmal mehr«, aber Carina trat ihm auf den Fuß.

»Geht es Ihnen wieder besser, Herr Pelletier?«, fragte sie höflich.

Ur-Otto belegte sich ein Brötchen reichlich mit Butterscheiben und kleckste zwei Teelöffel voll von Frau

Bergmanns selbst eingekochter Erdbeermarmelade darauf.

»*Nie sollst du mich befragen!*«, sang er und zwinkerte Carina nun wieder direkt an. »Mir geht es so gut, min Seuten, wie zum letzten Mal beim Seniorenausflug mit der Sozialstation an den schönen Schweriner See. Ich liebe das Reisen«, und er biss herzhaft in sein Brötchen. Ein paar Brösel fielen auf den Teller und Bergmann sah Carina bedeutungsschwer an.

»Und die Damen liebe ich auch«, sagte Ur-Otto und langte mit seiner freien Hand über den Tisch zu Carina, um sie spielerisch in die Wange zu kneifen. »Das Reisen und die Damen, das hält jung«, und er nahm wieder einen Schluck aus der Tasse. »Der hat doch Schnaps in seinem Koffer versteckt, Mann«, sagte Bergmann leise zu Hanna. »So bescheuert kann man doch gar nicht sein!«

Aber Carina fand Ur-Ottos Verhalten offenbar nicht das kleinste bisschen ungewöhnlich. »Vielleicht wollen Sie ja hier auch mal einen Spaziergang machen, Herr Pelletier«, sagte sie. »Wenn es Ihnen wieder so gut geht.«

Ur-Otto sah sie verschwörerisch an. »Spazierengehen ist für alte Leute, min Seuten«, sagte er. »Die nichts anderes mehr können, so ist das nun doch. Nee,

nee, wenn ich schon hier bin, dann wollen wir auch was erleben, was? Da hauen wir mal ordentlich auf die Pauke!« Und er hob sein Brötchen mit der einen und die Tasse mit der anderen Hand und begann auf seinem Stuhl zu schunkeln wie die Jecken mit Kappe beim Karneval im Fernsehen. *»Heute hau'n wir auf die Pauke!«*, schmetterte Ur-Otto und wiegte seinen Oberkörper im Takt der Musik. *»Heute …«*

Bergmann erstarrte und Hanna guckte verlegen, aber Carina lachte vergnügt.

»Sie singen ja ganz toll, Herr Pelletier!«, sagte sie. Dann schenkte sie ihm Kaffee nach. Ur-Otto hörte auf zu schunkeln und beugte sich zu ihr über den Tisch.

»76 Jahre im Gesangverein!«, sagte er. »Jawohl! Die goldene Sängernadel und all den ganzen Schiet hab ich ja schon gehabt, aber wo ich nun 75 Jahre dabei war, da mussten sie sich was ganz Neues für mich einfallen lassen, was? Die diamantene Nadel mit Rubin! Ein Herr vom Sängerbund ist sogar gekommen. Und die Zeitung!« Und jetzt spießte er Bergmann mit seinem Zeigefinger auf. »Mit Foto!« Und er lehnte sich erwartungsvoll zurück.

Hanna versuchte im Kopf zu überschlagen, wie alt einer sein musste, der seit 75 Jahren im Gesangverein sang. »Toll!«, sagte Carina und strahlte Ur-Otto an, als könnte sie sich kein schöneres Ziel im Leben vorstellen, als durch tapferes Ausharren im Gesangverein nach 75 Jahren die diamantene Nadel mit Rubin von einem Herrn vom Sängerbund überreicht zu bekommen. »Und was wollen Sie heute unternehmen, Herr Pelletier? Die Stadt angucken?«

»Nicht bei der Hitze, bist du verrückt?«, sagte Hanna. »Der war doch krank! Das wäre ja ein Kamikaze-Unternehmen!«

Carina tat, als hätte sie nichts gehört. »Wir gehen bei diesem Wetter eigentlich immer ins Schwimmbad«, sagte sie. »Sie können doch bestimmt auch schwimmen, oder, Herr Pelletier? Waren Sie schon mal in so einem richtigen Schwimmbad? Mit Rutsche und allem?«

Ur-Otto sah sie begeistert an. »Min Seuten!«, sagte er. »Schwimmen? Ob ich das kann? 1924 hab ich die Kreismeisterschaft gewonnen, 1926 nur knapp vorbei, das war dir aber was! Oder 28? Bevor sie den See so haben verkommen lassen, das machen sie nicht richtig, die jungen Leute im Gemeinderat! Die Jugend muss was zum Baden haben!«

Er dachte einen Augenblick nach. »Ein subtropisches Badeparadies«, sagte er dann und kicherte vergnügt. »Was das wohl sein kann, was? Aber das wird ja nun wohl bald was werden.«

»Bravo!«, sagte Carina, die keine Ahnung hatte, wovon die Rede war. Aber die Gelegenheit erschien ihr günstig. »Wir haben hier ja unser Schwimmbad. Das ist leider nicht kostenlos, Herr Pelletier. Aber schön.«

Hanna sah Carina bewundernd an. Vielleicht war ein Schwimmbadbesuch mit Ur-Otto nicht haargenau das, was sie sich unter einem schönen Ferientag vorstellte, aber besser als ein Tag mit Ur-Otto zu Hause war es allemal.

»Was ist schon kostenlos im Leben, meine süße Blume?«, sagte Ur-Otto. »Nicht mal der Tod! Der Rubel muss rollen. Da soll es doch nicht drauf ankommen! Gehen wir ins Schwimmbad!« Und er rieb sich begeistert die Hände.

»Ob Mama damit einverstanden ist?«, flüsterte Bergmann. Hanna zuckte die Achseln.

»Wenn sie uns den alten Mann zum Aufpassen dalässt, muss sie sich nicht wundern, wenn wir versuchen zu überleben«, sagte sie. »Genau, Ur-Otto. Im Schwimmbad findest du es bestimmt total toll.«

Sie fuhren mit dem Bus zum Schwimmbad, und Ur-Otto genoss schon die Hinfahrt sichtlich. Er hatte sich bei Carina eingehakt und einen kleinen Strohhut schief und verwegen auf den Kopf gesetzt.

»*Wenn ich die blonde Inge abends nach Hause bringe!*«, sang er dabei und zwinkerte seiner Dame zu, obwohl Carina ja nun weder Inge hieß noch selbst beim allerbesten Willen blond genannt werden konnte. Dann löste er ohne zu zögern einen Gruppenfahrschein für alle und bezahlte weltmännisch mit einem 10-Euro-Schein.

»Das Leben ist teurer geworden«, sagte er weise und setzte sich auf einen freien Fensterplatz. »Aber das ist alles noch nichts gegen die Inflation, gar nichts gegen die Inflation«, und eine ältere Frau eine Reihe vor ihm drehte sich um und nickte beifällig.

»Da haben Sie recht«, sagte sie und fing an zu erzählen, wie sie als kleines Mädchen mit einem Packen 1000-Mark-Scheine zum Brotkaufen gegangen war. Und da erzählte Ur-Otto von seiner brillantenen Sängernadel mit Rubin und von der Kreismeisterschaft im Schwimmen.

Die Dame hörte so interessiert zu, dass Hanna froh war, dass sie aussteigen mussten, bevor Ur-Otto anfangen konnte, seine neue Freundin in die Wange zu kneifen. »Ach, so ein Freibad!«, sagte Ur-Otto dann begeistert, als sie vor dem Eingang darauf warteten, dass er sein Geld aus der Tasche nehmen sollte. Er guckte suchend nach Carina und zwinkerte ihr zu.

»*Ich hab das Fräulein Heleen baden sehn, das war schön!*«, schmetterte er. »*Da kann man Waden sehn, rund und schön, wunderschön!*« Er kicherte. »Ein bisschen mehr als Waden kann man da für sein Eintrittsgeld ja wohl hoffentlich sehen, das hoff ich doch«, sagte er vergnügt. »Komm her, meine süße Blume, und zahl für uns alle«, und er hielt Carina die Geldbörse hin.

»Ich geh nicht mit rein«, sagte Bergmann abrupt und drehte sich um. »Bin ich blöde? Wer weiß, was der da drinnen anstellt! Und nachher sind welche aus meiner Klasse da …«

»Du kannst mich doch nicht mit ihm allein lassen!«, rief Hanna.

Bergmann hängte sich seinen Leinenbeutel über die Schulter. »Du hast ja Carina, die liebt ihn doch so«, sagte er und drehte sich um.

Dann machte er sich tatsächlich zu Fuß und ohne Fahrschein auf den Weg zurück nach Hause.

Und wie sich schnell herausstellen sollte, hatte er recht daran getan.

Nachdem Hanna und Carina Ur-Otto durch das Drehkreuz am Eingang bugsiert hatten, blieb er erschüttert stehen.

»Ein subtropisches Badeparadies!«, rief er und wedelte vor Begeisterung mit seinem Stock in der Luft. »Das sieht der Kenner auf den ersten Blick.«

Und bevor die Mädchen noch fragen konnten, was er damit meinte, marschierte er schon zielstrebig auf die Liegewiese zu und baute sich genau zwischen zwei Wolldecken auf, auf denen, eingeölt und mit geschlossenen Augen, zwei Frauen lagen und hofften, dem Ozonloch ein Schnippchen zu schlagen. »Hier lasst uns Hütten bauen!« Und er ließ seinen Blick über die Bikinikörper schweifen und zwinkerte Carina zu.

»Nee, Ur-Otto, hier nun nicht«, sagte Hanna entschieden und zog ihn am Arm weiter. »Wir suchen uns was, wo es frei ist.«

Eine der beiden Badeschönen hatte sich auf den Ellenbogen aufgestützt und sah ihnen nach.

»Auf Wiedersehen, meine süße Blume!«, rief Ur-Otto und schwenkte galant seinen Hut. »Muss i denn, muss i denn, zu-hum Städtele hinaus …«

»Ur-Otto!«, sagte Hanna und zog ein bisschen energischer.

»… Städtele hinaus!«, sang Ur-Otto und hörte nicht auf, seinen Hut zu schwenken. »U-hund du, mein Schatz, bleibst hier!«

Die eingeölte Dame, die sich inzwischen ganz aufgesetzt hatte, lachte und winkte ihm zu.

»Ja, das mögen die Damen«, sagte Ur-Otto zufrieden und ließ sich jetzt widerstandslos zu einem Fleck ganz nahe am Zaun führen, wo Carina ihre Wolldecke ausbreitete. »Singe, wem Gesang gegeben.«

»Aber du kannst die Frauen hier nicht einfach so anmachen, Ur-Otto!«, sagte Hanna. Sie überlegte, ob Carina und sie ihn allein lassen konnten, wenn sie baden gingen, oder ob es vielleicht doch besser wäre, abwechselnd ins Wasser zu gehen, damit zumindest eine von ihnen bei Ur-Otto bleiben und auf ihn aufpassen konnte. »Das macht man heute nicht mehr.«

Aber Ur-Otto hatte ihr gar nicht zugehört. Er stand auf seinen Stock gestützt und ließ den Blick über die katalogblaue Badelandschaft schweifen. *»Es lächelt der See, er ladet zum Bade!«*, deklamierte er und breitete verwegen die Arme aus. Aber wenigstens fing er diesmal nicht an zu singen. »*Wie herrlich lächelt mir die Natur!* Kommt, lasst uns in die Fluten tauchen, meine beiden Süßen!« Und er begann sich sein Hemd aufzuknöpfen.

Hanna erstarrte.

»Hast du denn überhaupt eine Badehose mit, Onkel Otto?«, fragte sie.

Im Geiste sah sie ihn in einer von diesen verfilzten wollenen Badehosen, die man im Hallenbad manchmal noch an älteren Herren entdecken konnte, stramm vor dem Baden und schlotterig danach, wenn sich das Gewebe voll Wasser gesogen hatte. Allmählich fragte sie sich, ob Bergmanns Entscheidung, nach Hause zu gehen, nicht doch die richtigere gewesen war.

Aber dann sah sie Ur-Ottos erschrockenes Gesicht. »Meine süße Blume!«, murmelte er.

Hanna merkte, wie eine Welle der Erleichterung sie überflutete. Die Gefahr, dass irgendwelche Jungs aus ihrer Klasse sie dabei ertappten, wie sie Ur-Otto in seiner Badehose, in der er 1924 die Kreismeisterschaften gewonnen hatte, über die Liegewiese nachjagte, schien gebannt.

Aber sie hatte nicht mit Carina gerechnet.

»Wissen Sie was, Herr Pelletier?«, sagte Carina aufmunternd. »Ich geh mal und guck, ob es hier Badekleidung auszuleihen gibt. Gibt es doch bestimmt«, und sie ließ sich von Ur-Otto, der gleich wieder um ein Vielfaches fröhlicher aussah, einen 10-Euro-Schein geben und flitzte über die Wiese zum Kiosk. Als sie zurückkam, schwenkte sie eine blaue Schwimmshorts durch die Luft.

»Hab ich doch gesagt!«, rief sie triumphierend. »Und nur fünf Euro Leihgebühr!«

Aber Ur-Otto sah keineswegs so dankbar aus, wie man es hätte erwarten dürfen.

»Den schlackerigen olen Schiet?«, sagte er und zog die Shorts mit spitzen Fingern auseinander. »Da ist der schöne Körper ja ganz verborgen, was? Da ist der halbe Spaß ja futsch«, und schon wieder zwinkerte er Carina zu.

Hanna spürte, wie sie rot wurde, aber Carina kicherte nur. »Nach dem Schwimmen ist der schöne Körper nicht mehr verborgen, Herr Pelletier«, sagte sie beruhigend. »Das trägt man jetzt so.«

Ur-Otto drehte die Hose zwischen den Händen und betrachtete sie mißtrauisch. »Na, dann soll es wohl sein«, sagte er resigniert und gab Carina die Schwimmshorts, um sein Hemd weiter aufzuknöpfen. »Was Eleganteres bringt ihr mir ja wohl nicht.«

Dann zeigte er auf die Wolldecke. »Nun haltet die mal schön hoch, dass ich mich umziehen kann, meine Damen«, sagte er. »Ab 85 wird der Mensch schinant.«

Carina kicherte wieder, aber sie hob tapfer die Decke an und stieß Hanna in die Seite. »Los, los!«, sagte sie energisch. »Wenn du über 85 wärst, würdest du dich auch nicht mehr ohne Vorhang umziehen wollen.«

Hanna überlegte einen Augenblick, ob sie vielleicht mal schnell hinter die Decke luschern sollte, während Ur-Otto seine Straßenkleidung gegen die Badehose tauschte, aber dann entschied sie sich dagegen. Carina hatte recht. Wenn sie 85 war, würde sie das sicherlich auch nicht wollen.

Als Ur-Otto schließlich aus seiner provisorischen Kabine herauskam, war sie positiv überrascht. Vielleicht hätte es wenig Sinn gehabt, ihn in den Wettbewerb zum Mister Schwimmbad zu schicken, aber zu ihrer Erleichterung sah er keineswegs fürchterlicher aus als diverse andere Badegäste. Seine Waden waren mager, bleich und von leuchtend blauen Adern überzogen und das spärliche Haar auf seiner Brust leuchtete wie ein weißes Ziegenbärtchen; aber sonst wirkte er durchaus noch ganz frisch.

»So, die Damen!«, sagte er und rieb sich die Hände. »Hinein in die Fluten!« Und ohne auf seine Begleiterinnen zu warten, marschierte er zielstrebig zum nächstgelegenen Becken.

Carina lachte Hanna zu. »Hinterher!«, sagte sie. »Bevor er alle süßen Blumen aus dem Becken pflückt!«

Aber offensichtlich dämpfte das kalte Wasser Ur-Ottos Unternehmungsgeist etwas.

»John Maynard war unser Steuermann!«, sagte er mit zitteriger Stimme und watete mit winzig kleinen Schritten und hoch erhobenen Armen durch das knöcheltiefe Wasser am Rand des Nichtschwimmerbeckens. *»Aus hielt er, bis er das Ufer gewann! John Maynard!«* Und er drehte sich behutsam zu Hanna und Carina um. Inzwischen reichte das Wasser ihm schon fast bis zu den Knien.

»Toll, was, Herr Pelletier?«, sagte Carina. »Finden Sie das gut?«

Ur-Otto antwortete nicht. Mit tief gebeugtem Rücken schöpfte er Wasser in seine geöffneten Handflächen und ließ es durch die Finger rinnen. »Köstliches Nass!«, sagte er. »Ja, ja, das schenkt uns das Leben. Köstliches Nass.«

»Nun müssen Sie aber auch ein bisschen tiefer reinkommen, Herr Pelletier«, sagte Carina aufmunternd. »Wo Sie doch 1920 die Kreismeisterschaft gewonnen haben.«

»Vierundzwanzig war das, min Seuten, vierundzwanzig«, sagte Ur-Otto und watete tapfer noch ein Stück weiter. »Schön ist es ja. Aber ungewohnt.«

Hanna stellte sich vorsichtig neben ihn. Sie hatte

keine Ahnung, ob man zur Rutsche gehen und so einen alten Mann im Wasser allein lassen durfte. Was war mit Herzinfarkt und Kreislaufzusammenbrüchen? Es konnte doch sein, dass er damals aus Trotz darüber, die Meisterschaft nur *fast* und nicht *ganz* gewonnen zu haben, einen Schwur abgelegt hatte, nie mehr ins Wasser zu gehen, und dass es darum heute das erste Mal seit siebzig Jahren war, dass er es wieder versuchte. Vielleicht sollten sie lieber in seiner Nähe bleiben.

Aber Ur-Otto löste das Problem ganz von allein. Mit einem wilden Platschen ließ er seine Hände aufs Wasser sausen, dass es aufspritzte und die Kleinkinder, die sich unter der Anleitung eifriger Mütter gerade um die ersten Schwimmzüge bemühten, voller Panik zur Seite sprangen.

»*Und es wallet und siedet und brauset und zischt!*«, rief Ur-Otto und schlug zum zweiten Mal aufs Wasser. Diesmal waren die Kinder längst in sicherer Entfernung. »*Wie wenn das Wasser mit Feuer sich mengt! Bis zum Himmel aufspritzet der schäumende Gischt …*« Und jetzt schlug er gleich mehrfach heftig aufs Wasser.

Dann entdeckte er Carina, deren hellblauer Badeanzug dunkelblaue Flecken hatte, wo er von den

Spritzern aus Ur-Ottos Wasserschlacht getroffen worden war. »Schön ist es, min Seuten, das will ich wohl meinen«, sagte er und drehte sich vorsichtig um sich selber. »Aber muss ja nicht sein«, und er strebte langsam und mit vorsichtigen Schritten dem Beckenrand zu. »Willst du schon raus, Ur-Otto?«, fragte Hanna. »Du bist ja noch gar nicht geschwommen!«

Ur-Otto sah konzentriert auf die Wasseroberfläche, während er sich seinen Weg zur Treppe bahnte. »Dat is mi to kohld in de Flut«, sagte er entschlossen. »Blivt ji man binnen, das stört mich gar nich«, und jetzt hatte er die Stufen erreicht und hielt sich am Handlauf fest, während er aus dem Becken stieg. Seine Schwimmshorts war nur an den Stellen nass, wo Tropfen von seiner Platschorgie sie getroffen hatten.

»Aber du hast nichts dagegen, wenn wir noch drinnen bleiben, Ur-Otto?«, fragte Hanna. »Du findest unsere Wolldecke alleine?«

Ur-Otto hatte sich inzwischen am Beckenrand ins Trockene und in Sicherheit gebracht. Er sah ein bisschen erleichtert aus.

»Ich jag den Hirsch auf weiter Flur, im grünen Tann das Reh!«, sang er. Es klang noch etwas zaghaft. »Da kannst du aber auf ab, dass ich die Wolldecke finde, min Seuten.« Und zum ersten Mal heute zwinkerte er

Hanna zu. »Die Jugend soll sich im Wasser vergnügen! Und ich guck mal, was sich mir an Land alles so bietet.«

Hanna ging zögernd ins Becken zurück. Sie wollte lieber nicht darüber nachdenken, was Ur-Otto mit dem letzten Satz gemeint hatte.

Vielleicht hätte sie doch besser nachfragen sollen.

Hanna war ungefähr fünfmal von der 125-m-Riesenrutsche gerutscht und dabei zweimal mit Jungs zusammengestoßen, die gar nicht so uninteressant aussahen, als sie oben von der Rutschenplattform einen kleineren Menschenauflauf auf der Liegewiese entdeckte.

Später hätte sie nicht sagen können, warum sie sofort wusste, dass die Menschenansammlung mit Ur-Otto zu tun haben musste; vielleicht einfach nur deshalb, weil sie die ganze Zeit, die sie mit ihm zusammen gewesen war, versucht hatte, Ähnliches zu vermeiden. »Worauf wartest du noch!«, schrie ein Junge, der hinter ihr auf der letzten Leiterstufe stand und wartete, dass Hanna endlich rutschen sollte. »Glotzen kostet extra!« »Idiot!«, sagte Hanna. Ihre blaugrün karierte Wolldecke war bis auf drei sorgfältig gefaltete Kleiderbündel leer, das sah sie auf einen

Blick. Und solange sie nicht wusste, wo ihr Gast sich aufhielt, hatte sie nicht mehr den richtigen Spaß am Rutschen.

Mit einem kleinen Schwung setzte sie sich in den Wasserkanal und sauste nach unten. Es half alles nichts; sie musste nachsehen.

Schon ein paar Sekunden, bevor sie die Menschengruppe auf der Liegewiese erreichte, hörte Hanna Ur-Ottos hohe Stimme. *»Das machen nur die Beine von Dolores!«*, schmetterte er. *»Dass die Señores nicht schlafen gehn!«*

Die Angst, dass Ur-Otto nach seiner Stippvisite im kalten Wasser zusammengebrochen und von einer gaffenden Menschenmenge umringt hilflos auf der Wiese lag, wich übergangslos einer gigantischen Wut. Warum um Himmels willen ließ der alte Mann keine Gelegenheit aus, sich zum Narren zu machen und sie gleich mit? Ein Vormittag in der sommerheißen Wohnung wäre allemal dieser Folge von Peinlichkeiten vorzuziehen gewesen. »Ur-Otto!«, rief Hanna und bahnte sich einen Weg zum Zentrum des Menschenauflaufs. Da stand Ur-Otto mit ausgebreiteten Armen und balzte die ihn umringenden Damen an. Einer prächtigen Mittfünfzigerin näherte er sich jetzt kokett und lächelte ihr verführerisch ins Gesicht.

»Du bist die Rose, die Rose vom Wörthersee!«, trällerte er schmelzend, und wenigstens konnte man daran sehen, dass sein Liedervorrat nicht unbegrenzt war. Hanna hoffte nur, dass er sich nicht wie in einer Endlosschleife auf dem Anrufbeantworter ständig wiederholte. »Holaladiladiladijöh!«, sang Ur-Otto, und die Dame warf ihm eine Kusshand zu.

Aber das hätte sie lieber nicht tun sollen.

Von ihrer Geste ermutigt, tat Ur-Otto noch einen Schritt auf sie zu. »Na, meine süße Blume?«, sagte er. »Wollen wir beiden mal ein bisschen tralala?« Und er zwinkerte ihr zu und kniff sie in die Wange.

Die Dame machte empört einen Satz rückwärts. Ganz so hatte sie ihr Küsschen offenbar nicht gemeint. »Unglaublich!«, rief sie. »Unerhört!« Und vermutlich war sie mindestens so ärgerlich über das Gelächter der Umstehenden wie über Ur-Ottos Übergriff.

»Komm mit, Ur-Otto«, sagte Hanna und griff nach seinem knochigen Ellenbogen. »Das geht hier nicht.«

»Man sollte den Bademeister holen und ihn entfernen lassen!«, rief die dralle Dame. »So ein – Lustgreis!« Ur-Otto sah ein bisschen verwirrt aus. *»Immer nur lächeln!«*, sang er bittend und streckte die Arme nach ihr aus. *»Und immer vergnügt!«*

Aber nun wurde Hanna energisch. »Jetzt wird nicht

mehr gelächelt!«, sagte sie und bugsierte ihn durch die lachende Menschenmenge und hin zu ihrer Wolldecke. Erst als sie angekommen waren, merkte sie, wie ihr die Röte ins Gesicht schoss, und nicht nur, weil ihr die Situation peinlich war. Mindestens genauso sehr war es eine Röte der Wut auf die gaffenden, lachenden Menschen, die zugelassen hatten, dass Ur-Otto sich zum Narren machte.

»Hätte sie dir eben keine Kusshand zuwerfen sollen!«, sagte Hanna böse und gab Ur-Otto sein Handtuch.

Carina kam tropfnass über die Wiese gerannt. »Was ist denn los?«, rief sie schon von weitem.

Hanna hob die Wolldecke hoch, damit Ur-Otto sich wieder umziehen konnte.

»Nichts ist los, siehst du doch«, sagte sie unfreundlich. »Wir gehen.«

»Schon?«, sagte Carina. »Warum?« Aber sie begriff, dass jetzt nicht der Augenblick für Fragen war. »Na gut, okay«

Hinter der Wolldecke brauchte Ur-Otto einige Zeit, um sich die Badehose aus- und seine Straßenkleidung wieder anzuziehen, aber zwischendurch reckte er doch einmal kurz den Kopf über den Rand und zwinkerte Hanna zu.

»Was für ein wunderschöner Vormittag, meine süße Blume«, sagte er zufrieden. »Ich hab ja gar nicht gewusst, dass man in der großen Stadt so viel Spaß haben kann.«

Zu Hause stand Bergmann in der Küche am Herd und briet Sellerieschnitzel.

»Bei dieser Hitze?«, sagte Hanna und schleuderte ihre Schwimmtasche auf den Boden. »Das isst doch kein Mensch!«

»Ich dachte, er sollte was Warmes kriegen«, sagte Bergmann und nickte zu Ur-Otto hin. »Damit er schneller zu Kräften kommt.« »Der hat Kräfte genug«, sagte Hanna leise und Carina lachte.

»Und wie war's?«, fragte Bergmann und stellte die Hitze unter der Pfanne kleiner ein.

»Na ja«, sagte Hanna. Sie hatte keine Lust, Bergmann die Gelegenheit zu geben zu sagen, dass er ja gleich gewusst hatte, es würde eine Katastrophe werden. Aber Ur-Otto antwortete schon für sie.

»Das war ein ganz wunderschöner Vormittag, mein Jung«, sagte er mit Überzeugung. »Fast so schön wie das letzte Mal beim Seniorenausflug mit der Sozialstation an den schönen Schweriner See.« Aber dann lief ein Schatten über sein Gesicht. Vielleicht erschien es ihm nachträglich undankbar, dass er den Seniorenausflug vorgezogen hatte. »*Genauso schön*, mein Jung, genauso schön«, sagte er. »Und was kochst du uns da gerade Leckeres?«

»Wenn man bei dieser Hitze überhaupt irgendwas lecker finden kann«, sagte Hanna. »Ich ess Cornflakes mit Kefir.«

»Sellerieschnitzel«, sagte Bergmann. »Das magst du bestimmt.«

Ur-Otto guckte ein bisschen zweifelnd in die Pfanne. »Sellerie?«, sagte er ungläubig. »Tatsächlich? Na, denn will ich mich mal ein bisschen aufs Ohr legen, meine Süßen. Esst ihr das man schön auf. Ein schönes Stück Fleisch, da hätte ich nicht nein gesagt. Aber Sellerie ...«, er kicherte vergnügt. »Der Mensch ist ja kein Karnickel, was?« Und er zog die Küchentür hinter sich zu.

»Und für wen hab ich das nun gebraten?«, sagte Bergmann wütend.

Carina lachte. »Ich begreif sowieso nicht, wie ihr so was essen könnt«, sagte sie.

Hanna zuckte die Achseln. »Gesund«, sagte sie. Das Essen war bei Bergmanns so häufig Grund für Auseinandersetzungen, dass es Hanna lieber war, wenn Carina nichts davon mitbekam. Früher hatten Bergmann und Hanna ihre Mutter mit ihrem ständigen Bio-Öko verflucht und sich manchmal heimlich eine Currywurst oder ein halbes Hähnchen gekauft; aber dann waren zwei Mädchen in ihrer Klasse Vegetarierinnen geworden, weil ihnen die Tiere leid taten und weil es auch besser für die Umwelt war und gesünder natürlich sowieso, und sie hatten Hanna darum beneidet, dass bei ihr zu Hause immer ohne Fleisch gegessen wurde. Seitdem war sie nicht mehr ganz so wütend auf ihre Mutter.

»Guck dir doch den Alten an«, sagte Carina. »Der hat sich bestimmt sein Leben lang Fleisch hinter die Kiemen geschoben und jetzt ist er trotzdem über hundert. Ist er doch bestimmt, oder?«

Hanna nickte. »Will außer mir noch jemand Kefir?« Und sie hob ein Sieb mit Glibbermasse von einer Schale, in der sich inzwischen die Milch joghurtartig verfestigt hatte. »Gesund und lecker.«

»Igitt!«, sagte Carina und betrachtete mit Grausen das Sieb. »Dass du dich mit so was abgibst!«

Bergmann legte sich ein Sellerieschnitzel auf den Teller und träufelte Zitrone darüber. »Du musst heute Nachmittag für eine Stunde in den Laden«, sagte er. »Mama muss ausliefern und ich soll ihr helfen. Am besten, du nimmst ihn mit.«

»In den Laden?«, fragte Hanna erschrocken. »Und wenn er die Kundschaft anbaggert?«

Carina lachte. »Sag ihm einfach, er darf nicht kneifen«, sagte sie. »Singen darf er ja.«

Hanna seufzte. »Kommst du mit, Carina?«, fragte sie. »Bitte.«

Carina lächelte mild. »Solange ich keinen von euren Carob-Keksen essen muss«, sagte sie freundlich.

»Hauptsache, du kommst mit«, sagte Hanna.

Das hätte sie nicht tun sollen.

»Ein Gemüseladen«, sagte Ur-Otto weise, nachdem er im Laden angekommen war und die ersten Blicke in die Runde geworfen hatte. »Guck an.«

»Das ist ein *Ökoladen*, Herr Pelletier«, sagte Carina und holte ihm den einzigen Stuhl aus dem Ladenstübchen. »Alles ohne Kunstdünger und ohne Konservierungsmittel.«

Ur-Otto guckte interessiert. »Hier in der Stadt?«, sagte er verblüfft. »Mit Kuhschiet?«

»Das Gemüse wird hier ja nicht angebaut, Ur-Otto«, sagte Hanna. »Das kriegt Mama geliefert.« Ur-Otto nickte andächtig. »Kuhschiet, da ist nicht viel gegen zu sagen«, sagte er. »Aber Pferdemist, was? Da geht nichts über.«

»Setzen Sie sich doch, Herr Pelletier«, sagte Carina. Aber jetzt hatte Ur-Otto sich entschieden, zuerst mal den Laden zu inspizieren.

»Die da!«, sagte er aus der Fülle seiner Erfahrung und tippte mit der Stockspitze auf die endgültig allerletzten Erdbeeren des Jahres, die prall und leuchtend ihre Käufer erwarteten. »Die sind mit Pferdemist, stimmt's? Das seh ich gleich, meine süße Blume«, und jetzt setzte er sich doch.

»Sie kennen sich aus, Herr Pelletier«, sagte Carina aufmunternd. Nach der Hitze auf der Straße war der Laden angenehm kühl. Sonderbarerweise schien es nicht viele Menschen zu drängen, in diesen Genuss zu kommen.

»Nicht viel los heute«, sagte Hanna, als sich nach zehn Minuten noch immer kein Kunde hatte blicken lassen. »Alle zu erschöpft.«

Ur-Otto schreckte auf. Nach der Anstrengung des Vormittags hatte er auf seinem Stuhl ein kleines Nickerchen gemacht, aber jetzt wollte er das Leben wieder in vollen Zügen genießen.

»Zeit für meine Havanna!«, sagte er und zwinkerte schon wieder Carina zu. Dann begann er in seiner Hemdtasche zu kramen. »Jeden Tag ein Hochgenuss«, und er zog eine Zigarre heraus und suchte in der Hosentasche weiter, sicherlich nach den dazugehörigen Zündhölzern.

»Nee, Ur-Otto, du!«, sagte Hanna erschrocken. »Du kannst hier nicht rauchen, das geht hier nicht! Das ist ein Ökoladen hier!«

Aber Ur-Otto ließ sich nicht aus der Ruhe bringen. »Da geh ich nicht von ab, min Seuten!«, sagte er bestimmt. »Nur noch eine am Tag, das ist ja schon schlimm genug, was? Aber wenn der Onkel Doktor das will …«, und er riss ein Streichholz an und begann heftig an seiner Zigarre zu ziehen.

»Ur-Otto!«, rief Hanna. »Wirklich, das geht nicht! Wenn nun Kundschaft kommt!«

Und das hätte sie vielleicht nicht sagen sollen. Wenn man den Teufel an die Wand malt, kommt er bestimmt, und in diesem Fall hatte er die Gestalt einer jungen Frau im kurzen Sommerkleid, die zwei halbnackte Kinder hinter sich herzerrte.

»So was von Hitze!«, sagte sie und knallte einen Korb auf den Fliesenboden. »Wahrscheinlich wird mir die Milch im Auto längst sauer, bevor ich zu Hause bin.«

»Ja, fast zu heiß heute, finde ich auch«, sagte Hanna freundlich. »Nur Milch oder auch noch was anderes?« Aber inzwischen hatte die Frau Ur-Otto entdeckt. Sie wedelte ein bisschen mit der Hand durch die Luft, um die Schwaden blauen Zigarrenqualms zu vertreiben, aber sicherlich ebenso sehr, um ihrem Missfallen Ausdruck zu geben.

»Oh!«, sagte sie.

Hanna lächelte entschuldigend. »Das ist mein Ururgroßonkel«, sagte sie. »Der ist bei uns zu Besuch.« Die Frau guckte schon etwas milder. »Ururgroßonkel?«, sagte sie. »Gibt's so was?«

»Er hat sich immer gesund ernährt«, sagte Carina, die hier ihre Chance sah, den müden Geschäftsbetrieb etwas anzukurbeln. Wer wusste denn, ob sie nicht doch irgendwann mal wieder mit Bergmann zusammenkommen würde. Dann konnte es gar nicht schaden, wenn sie den Umsatz jetzt schon ein bisschen steigerte.

»Nur selbst angebautes Gemüse«, sagte Carina. »Konservierungsmittelfrei, lösungsmittelfrei, FCKW-frei, kunstdüngerfrei.«

»Tatsächlich?«, sagte die Frau und guckte Ur-Otto interessiert an. Die beiden Kinder hatten angefangen, im Laden Kriegen zu spielen.

»Gesunde Ernährung ist das A und O«, sagte Carina mit Überzeugung. »Sehen Sie ja an ihm.«

Hanna warf ihr warnende Blicke zu, aber Carina

sah überhaupt nicht ein, warum sie ihre Werbekampagne auf dem Höhepunkt abbrechen sollte.

»So wird man leicht über hundert«, sagte sie ganz unverbindlich. »Kein Fleisch, keine Schadstoffe. Sehen Sie ja.«

Die Frau war einen Schritt auf Ur-Otto zugegangen, der immer noch genüsslich seine Zigarre paffte. »Über hundert!«, sagte sie fasziniert.

Jetzt war Carina doch ein bisschen erschrocken. »Ich habe nicht direkt gesagt, dass er …«, sagte sie schnell. Aber die Frau hörte ihr schon gar nicht mehr zu. Weil sich jetzt nämlich Ur-Otto persönlich in das Gespräch gemischt hatte.

»Pferdemist!«, sagte er und nickte voll Überzeugung. »Kuhschiet und Pferdemist, das ist best. Das gibt das gute Aroma, du süße Blume.« Und er lachte hoch und fröhlich.

Die Frau lachte ein bisschen verlegen zurück. »Das hab ich auch schon gehört«, sagte sie.

Ur-Otto zwinkerte ihr zu. Vielleicht hatte die Zigarre ihn wieder aufgeweckt. »Das kannst du mir glauben, min Seuten, das ist hier alles mit Pferdemist«, sagte er. »Da läuft dir das Wasser im Munde zusammen.«

Hanna trat unruhig von einem Fuß auf den anderen.

»Kann ich Ihnen was einpacken?«, fragte sie. »Mögen die Kinder einen Keks?«

Die Kinder mochten, aber noch lieber mochten sie zwei, und dann stürzten sie ihre Mutter in tiefste Verlegenheit, als sie verlangten, nun aber endlich in den Laden zu gehen, wo es Milchschnitten gab. »Hier sind doch auch schöne Süßigkeiten«, sagte die Frau und lächelte Hanna entschuldigend zu. »Milchschnitte!«, brüllte das kleine Mädchen und ließ den Träger ihres Badeanzugs gegen die Schulter schneppen. »Milchschnitte!«

»Millnitte!«, grölte, von der Schwester ermutigt, der noch kleinere Bruder, dem die Windel unter der Badehose herausquoll. »Millnitte! Millnitte!«

»Einen Ahornsiruplolli könnt ihr haben«, sagte die Mutter streng. »Und von den Erdbeeren nehme ich auch noch ein Schälchen.«

»Alles mit Pferdemist«, sagte Ur-Otto wieder und nickte heftig. »Das gibt das gute Aroma.«

Die Frau schüttelte ihre brüllenden Kinder ab und zahlte. »Bei der Hitze sind sie immer unerträglich«, sagte sie entschuldigend.

Hanna lachte. »Ist doch klar«, sagte sie. Sie war froh, dass dieser Einkauf überstanden war.

Aber sie hatte sich zu früh gefreut. An der Ladentür

drehte sich die Frau noch einmal zu Ur-Otto um und schüttelte staunend den Kopf. »Über hundert!«, sagte sie bewundernd.

»Millnitte!«, brüllte ihr Sohn.

»Ich glaube, ich sollte …«, sagte die Frau nachdenklich. Dann nickte sie Hanna zu. »Na, mal sehen.«

»Millnitte!«, brüllte der Sohn. Dann fiel die Wagentür zu.

In der nächsten Stunde kam keine weitere Kundschaft. Ur-Otto döste auf seinem Stuhl und Carina und Hanna unterhielten sich flüsternd.

»Das ist ja wirklich eine Schrottlage hier«, sagte Carina und guckte auf die Hochhaustürme vor der Tür, die es trotz der Hitze nicht schafften, auszusehen wie Hotels auf Mallorca. »Kein Mensch kommt und kauft.«

»Sagt Mama ja«, sagte Hanna und spuckte einen Kirschkern durch die geöffnete Tür auf die Straße. »Aber was soll sie machen. Bessere Lagen sind zu teuer.«

Ur-Otto schreckte auf, als habe er ein Stichwort bekommen. »Ja, teuer ist das Leben geworden, teuer, teuer«, murmelte er und ließ seinen Kopf zurück auf die Brust sinken. Dann erschütterte ein lauter Schnarcher seinen ganzen Körper.

»Werbung«, sagte Carina nachdenklich und zu niemandem im Besonderen. »Das müsste man machen.«

Als Frau Bergmann kam, fuhr sie die drei zur Wohnung zurück.

»Man kann den alten Mann schließlich nicht noch mal so weit laufen lassen«, sagte sie. »Bei der Hitze. Wie war das Geschäft?«

Hanna rollte mit den Augen.

Frau Bergmann nickte. »Ich weiß«, sagte sie. »Irgendwas muss passieren. Fragt sich nur, was.« Dann bremste sie das Auto behutsam vor der Haustür. Hanna hatte gerade den Tisch auf dem Balkon abgewischt und den Sonnenschirm aufgeklappt, als Ur-Otto in der Tür erschien.

»*Das muss ein Stück vom Himmel sein!*«, sang er. »*Wien und der Wein! Wien und der Wein!*«

»Ja, schön ist es hier auf dem Balkon, nicht, Ur-Otto?«, sagte Hanna aufmunternd. »Aber Wien ist es eigentlich nicht. Und Wein kann ich dir leider auch keinen anbieten.« Und sie rückte ihm einen Stuhl bequem zurecht, damit er sich setzen konnte.

Ur-Otto kicherte vergnügt. »Ist auch gar nicht nötig, meine süße Blume!«, sagte er fröhlich und zwinkerte zur Abwechslung ihr und nicht immer nur Carina zu.

»Ich hab mir was mitgebracht aus eurem schönen Gemüseladen«, und nun zog er den Arm hinter dem Rücken hervor und schwenkte eine Flasche. »Was ist ein Sommertag ohne einen köstlichen Schluck, was?«

»Ur-Otto!«, sagte Hanna erschüttert.

Jetzt war auch Carina aufgetaucht. »Freuen Sie sich nicht zu früh, Herr Pelletier«, sagte sie. »Das ist Ökowein.«

Aber Ur-Otto schlug ihre Warnung in den Wind. »Prost, meine Süßen, ich gieß mir 'n Lütten hinter die Binde«, sagte er und setzte die Flasche direkt an den Mund. Dann schüttelte er sich erschrocken. »Na, da ist noch keiner duhn von geworden, was? Ein Schluck, und schon protestieren die inneren Gedärme.«

»Das ist *trockener* Wein, Ur-Otto«, sagte Hanna. Sie wollte natürlich nicht, dass er sich betrank; aber andererseits fand sie es auch nicht fair, wenn er so abfällig über ihren Wein redete.

»Trocken, was, hih!«, sagte Ur-Otto und setzte die Flasche schon wieder kurz an den Mund. »Viel will ich dir glauben, min Seuten, und wie Wein schmecken tut er nicht, aber wenigstens nass ist er schon!« Und er nahm trotz aller Kritik den nächsten Schluck.

Wenn nicht das Telefon geläutet hätte, hätte Hanna eingegriffen. So konnte sie nur Carina warnen.

»Pass auf ihn auf!«, sagte sie, schon halb im Wohnzimmer. »Er hat doch so gut wie nichts gegessen! Und dann noch der Wein!« Dann hob sie im Zimmer den Hörer ab.

»Sie haben doch gehört, Herr Pelletier!«, sagte Carina. »Sie sollten wirklich nicht so viel trinken!«

»Sollte ich nicht, meine süße Blume?«, sagte Ur-Otto und hielt ihr prostend die Flasche entgegen. »Da tu ich bloß ein gutes Werk mit! Das Gesöff muss weg. Da vergrault meine süße Enkeltochter sich ja ihre ganze Kundschaft mit, wenn sie so was verkauft.« Und er setzte schon wieder die Flasche an.

»Urgroßnichte«, sagte Carina. Dann drehte sie sich zu Hanna um, die mit einem verwirrten Gesicht wieder im Türrahmen erschienen war.

»Bring ihm mal Mineralwasser, ich glaub, er hat einfach Durst bei der Hitze«, sagte sie. »Wer war das denn am Telefon?«

»Meine Mutter«, sagte Hanna. »Gleich kommt ein junger Mann zu uns, der mit Ur-Otto sprechen möchte. Seine Frau hat ihm von ihm erzählt.«

»Junge Männer sind immer gut«, sagte Carina.

»Was *schmeckt der Wein so gut!*«, schmetterte Ur-Otto. *»Ich brauch kein' neuen Hut!«*

»Ur-Otto!«, sagte Hanna und versuchte, ihm die

Flasche wegzunehmen. Aber das ließ der alte Sänger sich nicht gefallen.

»*Ich setz den alten auf!*«, sang er und klapste seiner Ururgroßnichte auf die Finger. »*Bevor i a Wasser sauf!*«

In diesem Moment läutete es an der Tür.

»Na dann!«, sagte Carina und nickte Hanna zu. »Ich mach schon auf.«

Als Carina zurückkam, hatte sie einen schwitzenden jungen Mann in Shorts bei sich, der eine Kamera um den Hals und ein Notebook in der Hand trug.

»Hallo, hallo, guten Tag!«, sagte er und strahlte Ur-Otto an. »Sie sind also der berühmte Ururgroßonkel!« Ur-Otto guckte verwirrt. »Wo ist die Buddel?«, fragte er.

»Mein Name ist Hansen«, sagte der junge Mann und setzte sich ohne weitere Einladung auf den letzten freien Stuhl. »Ich arbeite für das BLATT«, und er klappte sein Notebook auf, das mit einem leisen *Pling!* bekannt gab, dass es jetzt bereit war.

»Nee, was für ’ne lütte Schreibmaschine!«, sagte Ur-Otto und beugte sich interessiert über den Tisch. »Und mit Musik!«

Herr Hansen lachte. »Ein Notebook ist das, Herr Pelletier«, sagte er. »Aber Sie haben recht, man könnte es natürlich auch …«

»Was ist das BLATT?«, fragte Hanna.

»Die Werbezeitung doch, du Dödel«, sagte Carina. »Die man jeden Mittwoch gratis im Briefkasten hat.«

Das Wort *Werbezeitung* schien Herr Hansen nicht gerne zu hören.

»Ja, das Regionalblatt hier im Stadtteil, genau«, sagte er. »Das einzige Blatt, das sich nur mit dem Stadtteil befasst. Eine wichtige Sache, finde ich.«

»Klar«, sagte Carina und lächelte ihn verführerisch an. Jetzt, wo sie bergmannlos war, konnte sie ja ihre Verführungstechniken auch mal an anderen Objekten verfeinern.

Herr Hansen allerdings schien dafür nicht sehr empfänglich zu sein. »Meine Frau hat mir erzählt«, sagte er, aber weiter kam er nicht.

»Wo ist min Buddel?«, fragte Ur-Otto drohend. »Wo hat das kleine Luder sie hingebracht?«

»Du sollst in die Zeitung, Ur-Otto«, sagte Hanna schnell. Und wirklich ließ Ur-Otto sich ablenken. »Ich?«, sagte er verblüfft. »Wie das?«

Herr Hansen lächelte und setzte zum zweiten Mal an. »Meine Frau hat mir erzählt, Herr Pelletier«, sagte er, »dass sie Sie vorhin im Laden Ihrer Urgroßnichte angetroffen hat. Und meine Frau war ganz begeistert, wie vital Sie trotz ihres Alters immer noch sind.«

Ur-Otto guckte ein bisschen verwirrt zu Hanna. »Seine Frau?«, sagte er nachdenklich. »Muss ich die kennen?«

Aber Carina klärte ihn schon auf. »Die mit den beiden kleinen Kindern, Herr Pelletier!«, sagte sie. »Sie erinnern sich doch!«

Herr Hansen wartete nicht ab, ob Ur-Otto sich erinnerte. »So was haben unsere Leser gern, Herr Pelletier!«, sagte er. »Berichte über Menschen, die fröhlich und vital ein hohes Alter erreicht haben. Da lesen sie gerne ein bisschen mehr drüber. Vielleicht verraten Sie uns ja Ihr Geheimnis.«

Ur-Otto guckte immer noch verwirrt. »Mein Geheimnis, mein Jung?«, sagte er fragend.

»Wie Sie so alt geworden sind, Herr Pelletier!«, sagte Carina. »Also dass Sie sich gesund ernähren, zum Beispiel.« Und sie lächelte Herrn Hansen wieder zu, aber diesmal eher weise. »Er isst grundsätzlich nur biologisch angebautes Gemüse mit Pferdemist«, sagte sie. »Wie es seine Urgroßnichte in ihrem Laden verkauft. Alles total schadstofffrei. Wenn wir das alle täten, könnten wir auch so alt werden«, und dabei achtete sie nicht auf die wütenden Blicke, die Hanna ihr zuwarf. Ganz unerwartet hatte sich hier die Chance aufgetan, dem Laden der Bergmanns durch einen

Werbeartikel in der Zeitung neue Kundenströme zuzuführen, und auch wenn natürlich nicht feststand, ob sie sich jemals wieder mit Bergmann zusammentun würde, war immerhin Hanna ihre beste Freundin. Sie würde die Chance nicht vergeuden. »Erzählen Sie doch mal, Herr Bergmann. Was Sie so essen und trinken.«

»Trinken!«, sagte Ur-Otto, und zum ersten Mal wirkte er nicht mehr verwirrt und als ob er jetzt endlich begriff, worum das Gespräch sich drehte. »Wo ist min Buddel?«

Hanna stellte eine Flasche Mineralwasser auf den Tisch. »Hier, Onkel Otto«, sagte sie freundlich. »Bei dieser Hitze soll man ja viel trinken.«

»Keinen Alkohol natürlich«, sagte Carina schnell und lächelte wieder zu Herrn Hansen hin. »Mal ein Schlückchen Öko-Wein vielleicht. Das ist ja die reine Medizin.«

»Medizin, min Seuten?«, sagte Ur-Otto, und ein Leuchten der Erkenntnis flog über sein Gesicht. »Hat der darum so geschmeckt?«

»Das können Sie gerne alles schreiben, Herr Hansen«, sagte Carina schnell. »Über die Ernährung. Und ein Foto können Sie auch machen, wenn Sie wollen.«

Herr Hansen schien allmählich die Hoffnung aufgegeben zu haben, mit dem Vorführgreis selber ins Gespräch zu kommen. Er stellte sich an die Balkonbrüstung und knipste ein paar Mal aus nächster Nähe, wie Ur-Otto Selter trank.

»Er war 1924 Kreismeister im Schwimmen«, sagte Carina aufmunternd. »Erzählen Sie doch mal, Herr Pelletier! Der Herr möchte was über Sie wissen!«

»Ich brech die Herzen der stolzesten Frau'n!«, sang Ur-Otto, der sich inzwischen an den Besucher gewöhnt hatte. *»Weil ich so stürmisch und so leidenschaftlich bin!«* Er nickte. »Singe, wem Gesang gegeben!«, sagte er. »Zum 75. Jubiläum im Gesangverein war sogar ein Herr vom Sängerbund da. Und die Zeitung. Das können Sie schreiben, junger Mann. Die haben ein schönes Foto gemacht.«

Herr Hansen entspannte sich. Offenbar wollte sein Beobachtungsobjekt nun doch noch ein bisschen redseliger werden.

»Und worauf führen Sie Ihr hohes Alter zurück, Herr Pelletier?«, fragte er aufmunternd. »Erzählen Sie doch mal selber.«

Ur-Otto legte den Finger gegen die Lippen. *»Nie sollst du mich befragen!«*, sang er. »Der Gentleman genießt und schweigt.«

Herr Hansen sah ein bisschen unzufrieden aus. »Na, etwas mehr möchte ich aber schon noch hören, Herr Pelletier!«, sagte er.

»75 Jahre im Gesangverein!«, sagte Carina. »Das ist doch auch was für Ihre Leser!«

Aber Herr Hansen packte schon seine Kamera ein. »Mal sehen«, murmelte er und nickte Ur-Otto zum Abschied zu. »Auf Wiedersehen, Herr Pelletier.«

Ur-Otto hatte gerade wieder angefangen, ein kleines Nickerchen zu machen, und schreckte hoch. Dann fiel ihm ein, was sein Gast von ihm wollte.

»Eine Havanna pro Tag, junger Mann!«, rief er ihm nach. »Das schreiben Sie mal! Aber auf keinen Fall mehr.«

Hanna seufzte. »Das wäre geschafft«, sagte sie, als Carina zurückkam. »Der schreibt jedenfalls nichts in seiner Zeitung. Das war dem alles viel zu wenig. Und zu wischi-waschi.«

Carina tippte sich gegen die Stirn. »Da kommt ein Artikel, aber jede Wette!«, sagte sie. »Und mit Foto und allem, da kannst du Gift drauf nehmen! Der Typ kriegt doch Zeilenhonorar! Und für jedes Foto, das die Zeitung druckt, noch mal extra!«

»Nie sollst du mich befragen!«, sang Ur-Otto. »Wo ist min Buddel?«

»Ich weiß nicht«, sagte Hanna. »Wenn Mama das rauskriegt …«

Aber Carina hatte nicht solche Skrupel. »Eigentlich wissen wir gar nicht, wie alt Sie nun genau sind, Herr Pelletier«, sagte sie. »Sagen Sie mir das?«

Ur-Otto beugte sich ganz dicht zu ihr herüber und sah ihr tief in die Augen. »Das werde ich doch so einer süßen Blume nicht verraten, min Seuten«, sagte er. »Aber über 25 bin ich wohl, so viel ist gewiss«, und dann kniff er Carina in die Wange.

Am Abend kamen Bergmann und seine Mutter erschöpft mit einer ganzen Steige Kirschen nach Hause. »Heute war der Laden wirklich wie tot«, sagte Frau Bergmann müde. »Kann sich einer von euch um die Kirschen kümmern? Warum wollte denn der junge Mann vorhin mit Onkel Otto reden?«

Hanna guckte unbehaglich, aber Carina nahm ihr die Antwort schon ab. »Dem hatte seine Frau von Ihrem Urgroßonkel erzählt«, sagte sie, als wäre es dabei nur um einen netten Privatplausch und nicht um einen Zeitungsartikel gegangen. »Sie hatte ihn doch im Laden gesehen. Ist ja auch toll.«

Frau Bergmann nickte, aber jeder konnte sehen, dass sie nicht richtig zugehört hatte. Sonst hätte sie sich ja vielleicht doch über diesen sonderbaren Besuch gewundert.

»Wenn das mit der Kundenentwicklung so weitergeht, kann ich den Laden dichtmachen«, sagte sie. »In diesem Monat kriegen wir nicht mal die Miete rein.« Hanna sah vor sich auf den Boden, aber Carina lächelte aufmunternd. »Erst mal abwarten, Frau Bergmann, erst mal abwarten«, sagte sie. »So was kann sich manchmal blitzschnell ändern.«

Hanna warf ihr einen bösen Blick zu.

In der Nacht wurde Bergmann wach, weil er Geräusche aus der Küche hörte. Nichts konnte unwahrscheinlicher sein als ein Einbruch in ihrer Wohnung mit Möbeln aus dem Mitnahmemarkt und Erbstücken aus dem Jugendzimmer seiner Mutter, aber möglich war natürlich, dass ein Einbrecher einfach die glückliche Gelegenheit genutzt und drei Stockwerke an der Fassade nach oben geklettert war, wo ihm ein wegen der Hitze über Nacht geöffnetes Küchenfenster fröhlich Einlass winkte.

Bergmann griff sich sein Schweizer Messer, schlich zur Küche und drückte vorsichtig auf die Klinke.

Im strahlenden Schein der Küchenlampe, die von tausend begeisterten Mücken umschwirrt wurde, saß

Ur-Otto in seinem lilagrünen Frottéstretch-Schlafanzug am Küchentisch und entkernte Kirschen. »Ur-Otto!«, flüsterte Bergmann. Es war ihm gerade noch rechtzeitig eingefallen zu flüstern.

»Halli-hallo!«, sagte sein Vorfahr und zwinkerte mangels Mädchen nun auch Bergmann einmal zu. »Was sucht die Jugend hier so in der Nacht?«

»Was?«, fragte Bergmann schlaftrunken. Er zog die Küchentür hinter sich zu, damit Hanna und seine Mutter weiterschlafen konnten.

»Ein guter Schlaf ist das Vorrecht der Jugend!«, sagte Ur-Otto und wirkte munterer, als er das den ganzen Tag getan hatte. »Das Alter dagegen – na, Schwamm drüber.«

Bergmann überlegte einen Augenblick, ob er nicht einfach wieder ins Bett gehen sollte. Kirschen entkernen war schließlich nicht gefährlich und vielleicht konnte man Ur-Otto ganz gut alleine lassen, wenn er sich auf diese Weise seine Altersschlaflosigkeit vertreiben wollte. Aber Hanna hatte sich den ganzen Tag um den alten Mann gekümmert und darum hatte Bergmann das Gefühl, dass nun fairerweise einmal er an der Reihe war. »Was machst du denn da, Ur-Otto?«

Ur-Otto sah ihn von oben bis unten an. »Na, wenig hat man von dir gesehen, mein Jung«, sagte er. »Erzähl mir doch mal, hast du denn schon eine kleine Freundin?«

Bergmann zuckte zurück. »Ich weiß nicht, ob Mama will, dass du das machst«, sagte er und zeigte auf die Kirschen.

»Mit der Liebe soll man nicht zu lange warten, mein Sohn, das glaub mir man!«, sagte Ur-Otto. *»Die Jugend, die Jugend ist eine schöne Zeit!«*

»Pssst!«, sagte Bergmann erschrocken. Singen musste Ur-Otto um diese Zeit vielleicht nicht unbedingt.

»Na, dann hilf mir man«, sagte der. »Wenn du auch nicht schlafen kannst.« Er dachte einen Augenblick nach. »Ich konnte schlafen, als ich so alt war wie du«, sagte er mit Nachdruck. »Bis 75. Da war das für mich kein Problem.«

Bergmann setzte sich zu ihm an den Tisch.

»Das ist nett, dass du Mama mit ihrer Marmelade hilfst«, sagte er.

Ur-Otto starrte ihn an. »Marmelade?«, sagte er. »Das wird hier keine Marmelade, mein Jung, da kannst du aber auf ab!« Und nun lachte er wieder sein fröhliches, hohes Ziegenlachen.

»Nee?«, sagte Bergmann misstrauisch. Inzwischen war er richtig wach geworden. »Was wird das denn?«

Ur-Otto beugte sich über den Tisch und hob belehrend den Zeigefinger. »Das ist doch Schiet, was sie da hat!«, sagte er. »Dieser Wein!« Er überlegte einen Augenblick. »Ich würde das ja Essig nennen«, sagte er dann. »Aber deine kleine Freundin nennt das Medizin.«

Er nickte Bergmann zu, dann griff er sich beherzt die nächste Kirsche und pulte geschickt den Kern heraus. »Aufgesetzter Kirsch, mein Jung!«, sagte er. »Das ist dir was. Da geht dem Menschen das Herz auf.«

Bergmann blieb das Herz eher stehen. »Du kannst da doch keinen Schnaps draus machen, Ur-Otto!«, sagte er. »Die Kirschen braucht Mama für ihre Marmelade! Die verkauft sie doch immer so gut!«

Ur-Otto kicherte wieder sein hohes Greisenkichern. »Was meinst du, wie gut sie erst den Aufgesetzten verkauft«, sagte er. »Prost!« Und erst jetzt sah Bergmann, dass die ganze Zeit die Ökoweinflasche neben Ur-Ottos Stuhl gestanden hatte.

In dieser Nacht lernte Bergmann, wie man Kirschlikör ansetzt. Und genau wie Ur-Otto auch fand er es angebracht, das köstliche Getränk vor den Augen seiner Mutter zu verbergen und hinunter in den Keller zu tragen, damit es gären und prächtig und prozentreich werden solle.

Am Dienstag passierte nicht viel. Ur-Otto saß unter dem Sonnenschirm auf dem Balkon und döste vor sich hin und ab und zu verschwand Bergmann völlig unmotiviert in den Keller.

»Was machst du denn immer da unten?«, fragte Hanna. »Guckst du nach dem milchsauren Gemüse?« Bergmann nickte. »Erraten«, sagte er.

Carina war mit ihrer Mutter losgefahren, um noch vor dem Sommerschlussverkauf die besten Schnäppchen zu ergattern, und zu seinem Ärger merkte Bergmann, wie viel entspannter er sich fühlte, wenn sie nicht da war. Außerdem musste er sich den schönen Tag nicht mal durch Kochen verderben, weil Ur-Otto ja sowieso keine Sellerieschnitzel aß.

»Wo ist der Kefir?«, fragte Bergmann darum, als er sich ungefähr gegen zwei Uhr die Packung mit den Cornflakes auf den Tisch stellte. »Hanna, hast du den irgendwie …«

»Den Kefir?«, sagte Hanna, die den Vormittag in ihrem abgedunkelten und fast kühlen Zimmer zugebracht und gelesen hatte. »Nee.«

Aber verschwunden blieb er und darum ging Bergmann zu Ur-Otto auf den Balkon. Schließlich hatte er in der Nacht schon einmal erlebt, wie Ur-Otto sich an ihren Lebensmitteln zu schaffen machte.

»Ur-Otto?«, sagte er und tippte dem dösenden Gast sanft auf die Schulter. »Weißt du vielleicht, wo unser Kefir ist?«

»Was?«, sagte Ur-Otto und schreckte hoch. »Alte Leute können einen Herzschlag kriegen, wenn man sie so erschreckt, mein Jung. Und begraben will ich hier nicht sein, in der großen Stadt.«

Bergmann schüttelte den Kopf. »Unser Kefir, Ur-Otto!«, sagte er. »Weißt du, wo der ist?«

Jetzt guckte Ur-Otto schon interessierter. »Ich wusste ja gar nicht, dass ihr hier fremdländische Haustiere habt, mein Jung!«, sagte er. »Wo ist denn der Käfig? Von eurem Kefir?«

Bergmann hätte sich fast gegen die Stirn getippt. »Das ist doch kein Tier, Ur-Otto«, sagte er milde.

Ur-Otto guckte nachdenklich. »Nicht?«, sagte er. »Nicht so 'n lütt Putzigen mit so 'ner langen Schnut?«

»Du verwechselst das mit einem *Tapir*, Ur-Otto«, sagte Bergmann. »Ein *Kefir* ist ein Pilz, der aus Milch ...«

»Pilze!«, rief Ur-Otto, und nun war er endgültig wach geworden. »Da haben wir früher ja einen großen Reichtum von gehabt. Steinpilze vor allem«, und er holte tief Luft. *»Ein Männlein steht im Walde!«*, sang er. *»Auf einem Bein!«* Er kicherte. »Nee, das war nur so ’n lütten Scherz, mein Jung. Fliegenpilze haben wir natürlich nicht gegessen. Nicht mal in der schlechten Zeit.«

Inzwischen war Hanna auch auf den Balkon gekommen und Bergmann rollte mit den Augen.

»Ein Kefir ist ein Pilz, der aus Milch so eine Art Joghurt macht, Ur-Otto«, sagte sie. »Weißt du? Der stand auf dem Büfett.«

»Nee!«, sagte Ur-Otto verblüfft. Dann kratzte er sich im Nacken. »Den olen Glibberkram? Den hab ich ins Klo gekippt, meine beiden Süßen. Muss uns doch nicht die schöne Milch verderben, was?«

»Mensch, Ur-Otto!«, sagte Hanna. »Den ganzen Pilz?«

Ur-Otto erhob sich langsam von seinem Stuhl. »Da ist das nicht schade um, min Seuten«, sagte er. »Machen wir Dickmilch«, und er verschwand in der Küche.

Bergmann lachte. »Na, mit dem haben wir uns was eingehandelt«, sagte er.

Aus dem Flur hörte man, wie die Wohnungstür geöffnet wurde.

»Ur-Otto!«, brüllte Hanna und sprintete hinterher. »Wo willst du hin?« Ur-Otto lächelte engelhaft. »Ich geh mir jetzt eine schöne Bratwurst kaufen, min Seuten«, sagte er. »Was zwischen die Zähne braucht der Mensch.« Und als Hanna ihn ungläubig ansah, tätschelte er ihr die Wange. *»Mein idealer Lebenszweck!«*, sang er und wiegte seinen Oberkörper im Takt, *»ist Borstenvieh und Schweinespeck! Mein idealer Lebenszweck …«*

Bergmann nickte. »Keine schlechte Idee, Ur-Otto«, sagte er. »Ich komm mit.«

Der Dienstag war ein Tag, um Atem zu schöpfen.

Erst am Mittwoch wurde das Leben wieder bunter. Carina kam von ihrem Ausflug in vollklimatisierte Einkaufszentren zurück und schwärmte verzückt von Latzjeans und Ringelshirts zum Sonderangebotspreis, Bergmann lenkte sich wie am Vortag durch kleine Ausflüge in den Keller von der drückenden Hitze ab und Hanna machte, nachdem ihr Buch ausgelesen war, im abgedunkelten Wohnzimmer einen Fernsehtag.

Wenn er nicht gerade sang, döste Ur-Otto die meiste Zeit auf dem Balkon, und Hanna fragte sich, ob bei diesem Maß an Ruhe die Rekonvaleszenzzeit nicht bald abgeschlossen und eine Rückkehr in sein Haus am verschilften See möglich sein müsste.

Dass das BLATT gekommen war, merkten sie erst, als Ur-Otto sich wieder auf den Weg machte, um seiner Gesundheit zu trotzen und sich mit Bergmanns Hilfe eine Currywurst zu besorgen.

»Bringt mir auch eine mit!«, brüllte Carina, die mit Hanna vor dem Fernseher auf dem Boden lag. »Und Pommes mit Mayo!«

Am Himmel waren seit dem frühen Morgen schwere, schwarze Wolken aufgezogen und der Gedanke, dass es vielleicht regnen und ein wenig abkühlen könnte, ließ sie Mut schöpfen und warmes Essen für möglich halten.

»Willst du nicht wenigstens mal einen leckeren Dinkelburger probieren, Ur-Otto?«, fragte Hanna mehr aus Pflichtbewusstsein denn aus Überzeugung. »Oder Grünkernfrikadellen?«

Aber Ur-Otto hatte überhaupt nicht zugehört. »Eure Zeitung ist da, meine Süßen«, sagte er und zog das BLATT aus dem Briefschlitz in der Tür. »Der Mensch muss sich informieren.«

Da hatte Carina sie ihm schon aus der Hand geschnappt. »Jetzt wollen wir doch mal sehen, meine liebe Hanna!«, sagte sie. »Wer recht hat, du oder ich!« Und bevor Hanna sie fragen konnte, was um Himmels willen sie denn damit wohl meinte, hatte Carina die Zeitung schon durchgeblättert.

»Ich!«, brüllte Carina triumphierend und tippte mit

dem Zeigfinger auf einen Artikel im hinteren Teil. »Hab ich doch gesagt, dass der was schreibt! Und mit Foto!« Hanna guckte ihr über die Schulter. »Tatsächlich«, sagte sie erschüttert. »Ur-Otto. Auf unserem Balkon.«

»Bin ich wieder in der Zeitung, meine süße Blume?«, sagte Ur-Otto und verschob aus Eitelkeit und Neugierde seinen Besuch an der Imbissbude. »Die können nicht genug von mir kriegen! Als ich 75-jähriges Jubiläum im Gesangverein hatte …«

»Na bitte!«, sagte Carina und schlug so heftig auf die Zeitung, dass sie fast ein bisschen eingerissen wäre. »Wie ich es gesagt habe! *Der über Hundertjährige führt sein hohes Alter und seine verblüffende Vitalität auf gesunde, schadstofffreie Nahrung zurück. Dass auch ein Gläschen Wein manchmal nicht schaden könne und die Lebensfreude steigere, sagte Herr Pelletier dem BLATT ein wenig verlegen hinter vorgehaltener Hand. »Aber Ökowein!«, fügte er einschränkend hinzu und zeigte auf die Flasche aus dem Laden seiner Urgroßnichte in der Igor-Strawinsky-Straße.*«

»Verlegen, der!«, sagte Hanna, als ob Ur-Otto nicht gerade neben ihr gestanden hätte.

Aber Carina tanzte schon im Flur herum. »Wenn das keine Werbung ist, Leute!«, sagte sie. »Und völlig kostenlos! Sollt ihr mal sehen, das treibt den Umsatz ohne Ende in die Höhe.«

Bergmann guckte skeptisch. »So blöd können die Leute doch gar nicht sein!«, sagte er.

»Kommst du nun mit, mein Jung, Currywurst kaufen?«, fragte Ur-Otto ungeduldig. »Oder willst du weiter Zeitung lesen?«

»Currywurst kaufen, Ur-Otto«, sagte Bergmann. »Wenn ich die Wahl habe, unbedingt Currywurst kaufen.«

Als Frau Bergmann am Abend nach Hause kam, sah sie glücklicher aus als in den vergangenen Tagen. Am Spätnachmittag hatte der Himmel seine Schleusen geöffnet und die gesamte Wassermenge, die er der ausgedörrten Erde wochenlang vorenthalten hatte, in einer gewaltigen Anstrengung innerhalb weniger Stunden nachgeliefert. Der kleine Abfluss auf dem Balkon hatte nicht ausgereicht, um die Wassermassen ablaufen zu lassen, und Stühle und Tische standen triefend in den gurgelnden Fluten.

»Was so ein bisschen Abkühlung doch ausmacht!«, sagte Frau Bergmann und hängte ihre Handtasche über die Lehne eines Küchenstuhls. Obst und Gemüse hatte sie an diesem Abend nicht mitgebracht. »Es gab einen regelrechten Andrang heute Nachmittag. Sogar auf meinen Wein! Aber erst, als es kälter geworden war.«

»Ja, daran wird es gelegen haben«, sagte Carina und zwinkerte Hanna zu, die ein bisschen aufgeregt von einem Fuß auf den anderen trippelte.

»Und zwei Leute haben mir sogar Grüße für Onkel Otto aufgetragen«, sagte Frau Bergmann und schraubte die Wasserflasche auf. »Dabei hattet ihr doch vorgestern gesagt, dass so gut wie keine Kundschaft im Laden war, als ihr ihn mithattet.«

»Ach, die Leute können ihn ja überall gesehen haben«, sagte Carina und trat Hanna auf den Fuß, die schon den Mund aufgemacht hatte, um von Herrn Hansen zu erzählen. »So ein alter Mann, der fällt doch auf.«

Frau Bergmann ließ sich auf einen Stuhl plumpsen. »Morgen soll es wieder heiß werden«, sagte sie. »Schade. Die Abkühlung hat dem Geschäft so gut getan.«

Carina lächelte weise. »Warum sollte es nicht jetzt auch bei Hitze so wunderbar weitergehen, Frau Bergmann«, sagte sie geheimnisvoll. »Wer weiß, was da alles eine Rolle spielt.«

Hanna guckte sie böse an. »Komm mal mit in mein Zimmer, Carina«, sagte sie. »Ich will dir was zeigen.«

Carina nickte Frau Bergmann zu. »Ich wette, dass morgen eher noch mehr Leute kommen«, sagte sie. »Und wenn ich wette, gewinne ich immer.«

Frau Bergmann lachte. »Mach du mir nur Mut, Carina«, sagte sie. »Pleite bin ich wahrscheinlich so oder so.«

In ihrem Zimmer zeigte Hanna auf das Sofa und Carina setzte sich gehorsam.

»Sag mal, bist du bescheuert?«, sagte Hanna. »Das müssen wir Mama jetzt doch erzählen! Von dem Zeitungsbericht! Was ist denn, wenn einer sie im Laden darauf anspricht? Darum kommen die doch jetzt plötzlich alle und kaufen Ungespritztes! Die wollen alle über hundert werden!«

Carina trommelte auf den Sitzbezug. »Eben, meine süße Blume, genau«, sagte sie. »Das ist genau die Werbung, die ihr braucht.«

»Aber es ist doch alles erstunken und erlogen!«, sagte Hanna. »Ein einziger Schwindel ist das alles mit Onkel Ottos hohem Alter durch umweltbewusste Ernährung!«

Carina tippte sich gegen die Stirn. »Was daran wohl geschwindelt sein soll«, sagte sie. »Du hast doch selber gesagt, dass sein ganzer Garten voll von selbst angebautem Gemüse ist. Und den ganzen Tag redet er vom Pferdemist. Wenn der sich nicht bio ernährt, weiß ich nicht, was öko ist.«

Hannas Schultern entspannten sich. »Irgendwo hast du recht«, sagte sie nachdenklich.

»Hab ich immer«, sagte Carina bescheiden und jetzt kicherte sie fast genauso wie Ur-Otto.

»Ich weiß eben nur nicht, was Mama dazu sagen würde«, sagte Hanna. »Die ist so allergisch gegen alles, was nicht ganz ehrlich ist.«

Carina machte eine wegwischende Handbewegung. »Alles total ehrlich«, sagte sie.

In diesem Moment öffnete Frau Bergmann die Zimmertür.

»Wo sind eigentlich Bergmann und Onkel Otto?«, fragte sie.

»Die kaufen gerade Currywurst«, sagte Carina und nur Hanna verstand, warum sie sich aufs Sofa schmiss und so laut lachte, als wäre das ein prämierter Witz.

Am Donnerstagmorgen stand Hanna für die Ferien ungewöhnlich früh auf, um mit ihrer Mutter in den Laden zu gehen.

»Das ist lieb von dir, Hanna, aber das brauchst du wirklich nicht«, sagte Frau Bergmann mit um den

Hals geknoteten Beinen. Vor der Arbeit versuchte sie immer, ihre Yogaübungen zu schaffen. »Ich glaube nicht, dass heute wieder so viel Betrieb ist.«

»Vielleicht will ich ja nur mal einen Tag lang Ur-Otto nicht sehen?«, sagte Hanna unfreundlich und verschwand in Bergmanns Zimmer, wo sie ihrem Bruder unsanft die Bettdecke vom Gesicht zog.

»Bergmann, ich geh mit Mama«, flüsterte sie. »Falls irgendwelche Leute anfangen mit ihr über den Artikel im BLATT zu reden! Dass sie da nichts verpatzt!« Bergmann grunzte und zerrte an seiner Decke. »Chrrmpf!«, murmelte er.

Hanna war sich nicht sicher, ob das eine ernst zu nehmende Antwort war.

»Du musst ihn heute mit Carina alleine bewachen!«, flüsterte sie. »Lasst euch bloß auf nichts ein! Der Typ ist doch völlig durchgeknallt!«

Aber diesmal sagte Bergmann nicht mal »Chrrmpf!«, und weil auf dem Flur inzwischen Schlüssel klirrten, rannte Hanna ihrer Mutter nach.

Endgültig wach wurde Bergmann erst, als Carina klingelte.

»Zieh dich an, bevor du die Tür aufmachst!«, sagte sie und guckte strafend auf Bergmanns gestreifte

Boxer-Shorts. Bei der Hitze trug er nachts nicht mal ein T-Shirt. »Ich hätte ja schließlich auch eine fremde Dame sein können!«

Bergmann tippte sich gegen die Stirn. »Ich geh duschen«, sagte er.

In der Küche saß Ur-Otto schon am Tisch und paffte eine Havanna.

»Sie haben doch gesagt, nur eine am Tag, Herr Pelletier!«, sagte Carina vorwurfsvoll. »Mittags! Und jetzt rauchen sie schon um neun!«

Ur-Otto kicherte und griff nach ihrer Wange, aber Carina wich gekonnt zurück. Sie hatte festgestellt, dass die kleinen blauen Flecken sogar unter der Sonnenbräune sichtbar blieben.

»Des Lebens volles Füllhorn!«, sagte Ur-Otto. »Genieße das Leben, wo du kannst, denn kurz ist des Lebens schneller Lauf.«

»Na!«, sagte Carina, die nicht finden konnte, dass hundert Jahre ganz so kurz waren.

Ur-Otto paffte eine Rauchwolke quer über den Tisch. »Wir könnten mal wieder in dieses wunderschöne subtropische Badeparadies gehen, meine süße Blume«, sagte er. »Wenn meine strenge kleine Enkeltochter das erlaubt.«

»Hanna?«, sagte Carina, die es längst aufgegeben

hatte, Ur-Otto über seine Verwandtschaftsverhältnisse aufzuklären. »Die ist heute im Laden.«

»Na also!«, rief Ur-Otto begeistert. »Dann können wir doch!«

»Was können wir?«, fragte Bergmann. Er stand mit klatschnassen Haaren in der Küchentür und duftete nach Duschgel und Deo.

»Wenn wir bei uns das wunderschöne Badeparadies haben, meine Süßen«, sagte Ur-Otto, »dann lade ich euch auch mal ein. Aber das kann noch dauern. Der Herr Bürgermeister ist ja so ein Fuchs, hihi!« Und er prostete ihnen mit seiner Zigarre zu.

Bergmann machte mit der Hand eine Kreiselbewegung vor der Stirn. »Balla-balla!«, sagte er leise zu Carina. »Weiß nicht, wovon er redet, der arme Greis.«

»Na, dich möchte ich mal erleben, wenn du hundert bist!«, sagte Carina angriffslustig. Sie legte Ur-Otto eine Hand auf die Schulter. »Mal gucken, Herr Pelletier«, sagte sie. »Vielleicht gehen wir nachher schwimmen.«

Bergmann drehte sich weg. »Das ist ja so was von peinlich, weißt du das?«, sagte er böse. »Wie du dich an den alten Mann ranschmeißt!«

Seit Montag hatte Bergmann sich immer wieder gesagt, dass er ja wohl nicht im Ernst eifersüchtig sein konnte auf einen Hundertjährigen; dass Carina mit ihm Schluss gemacht hatte, lange bevor der Alte aufgetaucht war; und dass ihn Carina außerdem schon lange sowieso nicht mehr interessierte. Es hatte nur nicht allzu viel geholfen.

Carina lächelte mild. »Das ist wenigstens ein Gentleman alter Schule mit Charme und Manieren!«, sagte sie. »Im Gegensatz zu manchen, die in Unterhose an die Tür gehen.«

Und als wäre das ein Stichwort gewesen, läutete die Wohnungsklingel.

»Hanna«, sagte Bergmann. »Die hat gemerkt, dass sie sich geirrt hat. Der Laden liegt wie tot, keine Kundschaft trotz des netten Zeitungsartikels, sie kann gehen. Da siehst du, was deine Werbeidee wert war«, und er warf Carina einen triumphierenden Blick zu, bevor er auf dem Flur verschwand.

Carina blies die Backen auf. »Idiot!«, sagte sie.

Ur-Otto sah sich suchend um. *»Trink mer noch 'n Tröpfchen, trink mer noch 'n Tröpfchen!«*, sang er. »*Aus dem kleinen Henkeltöpfchen!* Wo ist die Buddel? Habt ihr mir meine liebliche Essigmedizin versteckt?«

Bergmann kam in die Küche, zwei Zentimeter größer als noch vor einer Minute und mit dem Gesichtsausdruck des Siegers. Hinter ihm guckte ein Mädchen durch die Tür, das ungefähr einen Kopf größer war als er und so dünn, dass man beinahe durch sie durchgucken konnte.

»Hallo, Carina«, sagte sie zart und schleuderte lange blonde Strähnen über ihre nackten sonnengebräunten Schultern.

»Carina ist nur hier, um auf meinen Ururgroßonkel aufzupassen«, sagte Bergmann. »Carina, Kiki ist da. Ich geh mal mit zu ihr.«

»Bitte?«, sagte Carina ungläubig.

»Nur mal kurz«, sagte Kiki mit ihrer zarten Stimme. »Du leihst ihn mir doch mal aus? An meinem Fahrrad ist die Kette abgesprungen.«

»Kannst du das nicht selber?«, sagte Carina böse, aber Kiki zuckte so hilflos mit den Schultern und lächelte so bittend in die Runde, dass Carina begriff, keiner der anwesenden Männer würde es schaffen, ihr zu widerstehen.

»Für manche Sachen ist eine Werkzeugtasche genauso nützlich wie ein Kerl«, sagte Carina, aber niemand hörte ihr zu.

Ur-Otto hatte den Rauch von seinem Gesicht weggewedelt, und nun stützte er sich mit beiden Händen auf den Tisch.

»Welch heller Glanz in unserer Hütte!«, sagte er

und zwinkerte Kiki zu. »Prinzessin meines Herzens!« Kiki blieb in der Küchentür stehen und lächelte weiter. »Kommst du, Bergmann?«, hauchte sie.

Und Bergmann kam.

Danach saß Carina mit Ur-Otto in der Küche und fragte sich, ob sie in ein Irrenhaus geraten war. »Wessen Urgroßonkel sind Sie, Herr Pelletier?«, fragte sie, und Ur-Otto sah auf, weil er sich über den ungewohnten Ton wunderte. »Der von *meiner* Mutter?« Und Carina schlug mit der flachen Hand auf den Tisch.

»Das war ja ein ganz besonders reizendes Geschöpf«, sagte Ur-Otto mit träumerischem Blick, und es konnte keinen Zweifel geben, wen er damit meinte. »Altes Herz wird wieder jung bei so einem Anblick, meine süße Blume.«

Carina starrte ihn an. Die Dreistigkeit, eine Frau gegenüber einer anderen zu preisen, erlaubte sie nicht mal einem Hundertjährigen.

»Na, dann soll die auch mal auf Sie aufpassen, Herr Pelletier«, sagte Carina und stand auf. Sie war bestimmt ein gutmütiger Mensch, aber alles hatte seine Grenzen. Niemand konnte im Ernst von ihr erwarten, dass sie ihre kostbaren Sommerferien damit vertrödelte, auf die Ururgroßonkel anderer Leute aufzupassen.

Da läutete, wie es schon häufiger in dieser Geschichte an entscheidender Stelle passiert ist und auch in Zukunft noch einige Male geschehen wird, wieder das Telefon.

Als Frau Bergmann am Abend zurückkam, saßen Carina und Ur-Otto am Küchentisch und spielten *Mensch-ärgere-dich-nicht*. Dem Berg von leerem Schokoladenpapier nach zu urteilen, saßen sie schon ziemlich lange.

Frau Bergmann sah vor lauter Glück fünf Jahre jünger aus und Hanna guckte ein bisschen mürrisch.

»Ach, das ist so lieb von dir, Carina!«, sagte Frau Bergmann und sank erschöpft auf einen Küchenstuhl. »Dass du bei Onkel Otto geblieben bist! Aber heute konnte ich Hanna wirklich gut gebrauchen. Der Laden hat den ganzen Tag gebrummt vor Kundschaft. Zweimal musste ich noch los, um Nachschub zu holen.«

»Nein!«, sagte Carina und versuchte überrascht zu gucken.

»Ich verstehe es ja selber nicht!«, sagte Frau Bergmann. »Erst ist wochenlang alles wie ausgestorben und dann plündern mir die Menschenmassen innerhalb von zwei Stunden den Laden!«

»Vielleicht haben sie bei der Hitze gemerkt, wie wichtig es ist, sich gesund zu ernähren?«, sagte Carina unschuldig. »Eine Erklärung muss es ja geben, oder?«, und sie guckte Hanna an um herauszukriegen, wie viel über den Zeitungsartikel inzwischen bis zu Frau Bergmann durchgesickert war. Offenbar waren Hannas Abschirmversuche erfolgreich gewesen.

»Und mein lieber Sohn?«, fragte Frau Bergmann. »Hat der dich hier völlig alleine gelassen?«

Carina zuckte die Achseln. Bergmann war den ganzen Tag nicht wieder aufgetaucht. Wahrscheinlich war dieser mageren Kiki noch mehr abgesprungen als nur eine Kette.

»Ich bin ja gerne mit Herrn Pelletier zusammen«, sagte Carina bescheiden.

»Aber rausgeschmissen hat sie mich immer!«, sagte Ur-Otto und zeigte auf das Spielbrett. »Glück im Spiel, Pech in der Liebe.«

»Das wird sich alles rausstellen«, sagte Carina grimmig. »Hanna, kommst du mal? Ich muss dir was erzählen.« Frau Bergmann lachte. »Geheimnisse, wohin man sieht!«, sagte sie. »Glaubt ja nicht, ich merke nicht, dass ihr Geheimnisse vor mir habt! Aber ich geh einfach davon aus, dass ihr alt genug seid, um keinen Blödsinn zu machen«, und nun stand sie doch noch einmal auf und ging zur Kaffeemaschine. »Schließlich müsst ihr ja auch was von den Ferien haben.«

Wenn sie gewusst hätte, was Carina Hanna zu berichten hatte, wäre sie vielleicht nicht ganz so ruhig geblieben.

»Wieso, ins Fernsehen?«, sagte Hanna und lehnte sich fassungslos gegen ihren Schreibtisch. »Du bist ja nicht mehr ganz dicht! »

Carina zuckte die Achseln. »Dann dürft ihr mich eben nicht mit eurem Familienältesten allein lassen, wenn ihr nicht wollt, dass ich seine Angelegenheiten regele!«, sagte sie. »Dann muss die zarte Kiki vielleicht mal üben, ihre Fahrradkette selber wieder einzusetzen!«

Hanna starrte sie an. »Jetzt versteh ich!«, schrie sie. »Weil du eifersüchtig bist! Deshalb hast du das gemacht! Um uns eins reinzusemmeln!« Sie holte tief Luft. »Ur-Otto geht nicht in diese Talkshow«, sagte sie bestimmt. »Der macht da doch die ganze Familie lächerlich! Schluss und aus.«

»Du hast da nur wahrscheinlich wenig zu bestimmen, beste Hanna«, sagte Carina. »Noch ist Herr Pelletier ja nicht entmündigt. Und er war ganz begeistert bei der Vorstellung, im Fernsehen aufzutreten.«

»Nee«, murmelte Hanna und sank in sich zusammen. »*Ich bin hundert – na und?* soll die Folge heißen«, sagte Carina und streute willig ihre Informationen aus. »Drei alte Leute sollen da zu Wort kommen, du weißt doch, wie das immer so geht. Netter Talkmaster, nettes Geplauder, nettes Publikum und so. Die haben von eurem Otto im BLATT gelesen. Die werten wohl immer alle Zeitungen aus, um an interessante Kandidaten zu kommen.«

»Ja, interessant ist er«, sagte Hanna düster. »So ein gigantischer Mist.«

Carina schüttelte den Kopf. »Wieso?«, sagte sie nüchtern. »Wir erklären ihm vorher, was er erzählen soll, alles bio-öko und dass diese Ernährung ein langes Leben garantiert, am besten, er nennt noch den Namen von eurem Laden. Billiger kommt ihr nie an Werbung.« Hanna antwortete nicht. Sie hatte das Gefühl, dass diese Geschichte allmählich aus dem Ruder lief.

»Da hält der sich doch nie dran«, sagte sie. »Der singt und kneift und erzählt von süßen Blumen statt von Tofu. Und wenn sie ihn über Sojamilch befragen wollen, singt er, dass er keinen neuen Hut braucht, weil der Wein so gut ist.«

Carina kicherte. »Und wenn schon«, sagte sie.

»Jetzt kannst du dich setzen. Hier kommt die zweite Überraschung.«

Hanna sackte in sich zusammen. »Nein!«, flüsterte sie.

In diesem Augenblick öffnete Bergmann die Tür. Ein bisschen sah er so aus, als gehöre er überhaupt nicht in diese Welt. »Das hat so lange gedauert, weil es so schwierig war«, sagte er. »18-Gang-Schaltung. Aber jetzt ist es okay.«

Carina tat, als sähe sie ihn gar nicht. »Also die zweite Überraschung«, sagte sie.

»Was ist die erste?«, fragte Bergmann interessiert.

»Die zweite Überraschung ist noch um einiges besser als die erste«, sagte Carina. »Weil sie nämlich direkt Kohle bringt.«

»Darf man vielleicht auch mal erfahren, was die erste ist?«, fragte Bergmann, nun schon ein bisschen vorwurfsvoller, aber Carina war nicht bereit, ihm Kiki so schnell zu verzeihen.

»Er schließt einen Exklusivvertrag mit einer Zeitschrift ab«, sagte sie. »Da seid ihr baff. Über das Honorar haben wir noch nicht geredet, aber bei so was sind manchmal Millionen drin.« Sie machte eine Pause. »Bei ihm aber wohl eher nicht. Aber hunderttausend wären ja auch schon nicht schlecht.«

»Hunderttausend!«, sagte Hanna ungläubig. »Mein Gott, ich sterbe.«

»Kann mich mal einer aufklären?«, sagte Bergmann gereizt. »Worum es hier überhaupt geht?«

»Um deinen Ururgroßonkel geht es hier, Bergmann«, sagte Carina kühl. »Während du dich mit hilflosen Damen herumgetrieben hast, habe ich für ihn einen Exklusivvertrag mit einer Zeitschrift eingeleitet. Die wollen einen Bericht über ihn bringen, wie er so alt werden konnte …«

»Wir wissen ja gar nicht, wie alt er ist«, sagte Hanna ohne viel Überzeugung.

Carina wischte die Bemerkung weg. »… wie er sich ernährt, all so was. Und weil er verspricht, mit keiner anderen Zeitschrift ein Interview zu machen, kriegt er Geld dafür. Reichlich Geld.«

Bergmann schüttelte den Kopf. »Du musst ja total durchgeknallt sein«, sagte er. »Offenbar steckt der Alte an.«

»Und mit diesem Geld«, sagte Carina ungerührt, »kauft eure Mutter sich ihren Traumladen in bester Lage und die Kunden strömen, weil sie an der Tür nämlich ein kleines Schild anbringt: *Bekannt durch Funk und Fernsehen*. So ist das, meine Lieben.«

»*Völlig* durchgeknallt«, murmelte Bergmann.

Da wurde mit elegantem Schwung die Zimmertür geöffnet. »Ich wusste doch, dass ich dich bei den Damen finden würde, Casanova!«, sagte Ur-Otto und drohte Bergmann scherzend mit dem Finger. »Nicht umsonst bist du mein Enkelsohn.« Dann winkte er Bergmann mit einem Butterhexenfinger zu sich heran. »Aber wir beide haben jetzt erst mal was im Keller zu erledigen, mein Sohn!«, sagte er. »Wir müssen die Damen um Urlaub bitten.«

Bergmann stand auf. »Ach ja, Mensch, das hätte ich ja fast vergessen!«, sagte er.

Die Mädchen fragten nicht, was er meinte.

In den nächsten Tagen lief Hanna mit einem bösen Gesicht durch die Gegend.

»Das kann doch nicht gut gehen, Mensch«, sagte sie, wenn Carina sie ermahnte, doch ein bisschen optimistischer zu gucken. »Du glaubst doch selber nicht, dass wir mit diesem gigantischen Schwindel durchkommen!«

»Da kennst du das Fernsehen schlecht!«, sagte Carina. »Und außerdem ist das jede Wette erst der Anfang. Wenn diese Typen, die Knoblauchdragees für ein ewiges Leben hersteilen, die Talk-Show mit eurem Ur-Ahn sehen und die Hersteller von *Doppelherz* und anderen Stärkungsmitteln, dann stehen die am nächsten Tag auf der Matte Schlange und wollen ihn für stattliche Summen anmieten für Werbespots. Bis zu seinem hoffentlich noch fernen Tod sichert der euch jetzt ein geregeltes Einkommen.«

»Das glaub ich erst, wenn ich es erlebe«, sagte Hanna düster und zog die Vorhänge zu, weil die Sonne nach wie vor schien wie verrückt.

Dafür war ihre Mutter allerbester Dinge.

»Man sollte es nicht glauben!«, sagte sie, wenn sie abends erschöpft nach Hause kam, zum ersten Mal seit Jahren, ohne Reste von Obst und Gemüse mitzubringen. »Von sonst wo kommen die angereist! Der Umsatz hat sich mindestens verfünffacht! Ich fass es nicht!« Und sie lehnte sich erschöpft zurück. »Und ständig fragen welche nach Onkel Otto. Dass der durch diesen einen Nachmittag im Laden so bekannt geworden ist!«

»Dann können Sie ja jetzt vielleicht doch riskieren, den tollen großen Laden zu nehmen«, sagte Carina aufmunternd. »Wenn das Interesse an Bio-Gemüse so enorm gestiegen ist. Dann können Sie den doch bestimmt bezahlen.«

Frau Bergmann runzelte die Stirn. »Nee, nee, du, Carina, das begreift ihr noch nicht so richtig«, sagte sie. »Da braucht man auch eine ganze Menge Startkapital. Und das hab ich eben nicht.«

»Und wenn Herr Pelletier Ihnen hilft?«, fragte Carina. »Mit Geld?«

Frau Bergmann lachte. »Du hättest sehen sollen, wie er lebt«, sagte sie. »Da ist bestimmt nichts zu holen. Nee, lass man, Carina. Wenn mein kleiner Laden weiter so gut läuft wie in den letzten Tagen, ist es auch ganz in Ordnung.«

Carina lächelte weise. »Abwarten und Tee trinken«, sagte sie.

Der Einzige, der sich weder um Ur-Otto noch um den Laden Gedanken zu machen schien, war Bergmann. Ab und zu ging er allerdings mit seinem Ururgroßonkel in den Keller, so dass Hanna sich zunehmend über sein gesteigertes Interesse am Entstehungsprozess milchsauren Gemüses wunderte; aber sonst verbrachte er seine Tage zum größten Teil außer Haus. Offenbar war das Fahrrad der zarten Kiki so marode, dass tägliche Kontrollen und Kleinstreparaturen unerlässlich waren. »Findest du das nicht auch abartig?«, sagte Carina, wenn Bergmann wieder einmal die Tür hinter sich hatte zuschlagen lassen. »Wie der ihr geradezu hörig ist?«

»Du wolltest ihn ja nicht mehr«, sagte Hanna. »*Du*

hast mit *ihm* Schluss gemacht, vergiss das nicht. Also kannst du jetzt wohl schlecht sauer sein, wenn er sich eine neue Freundin sucht.«

»Aber doch nicht so ein magersüchtiges Klappergestell!«, sagte Carina.

Hanna zuckte die Achseln. Sie hatte weiß Gott größere Sorgen. Am Nachmittag wollte jemand von der Zeitschrift kommen, um Ur-Otto zu fotografieren und ein Interview zu machen, und nach wie vor erlaubte ihr Gewissen ihr nicht, sich über diese Entwicklung der Dinge zu freuen. Allerdings regte es sich auch nicht stark genug, um sie zu unterbinden. Der Gedanke, ihrer Mutter mit dem Exklusivvertragsgeld einen neuen Laden zu kaufen und damit auf einen Schlag alle finanziellen Sorgen aus der Welt zu schaffen, hatte zwar etwas Verruchtes, aber auf eine sehr verlockende Weise. »Was tun wir, wenn der denen lauter Mist erzählt?«, fragte sie.

Carina machte eine wegwerfende Handbewegung. »Ich pass schon auf«, sagte sie. »Du hast doch beim BLATT gesehen, wie das gelaufen ist. Die knipsen ein paar Fotos und nach einer Viertelstunde sind sie wieder verschwunden.«

Und wieder erwies sich Carina als Kennerin der Medienszene.

Die junge Frau, die zwei Stunden später mit Kamera, Recorder und altmodischem Schreibblock vor der Tür stand, sah nicht so aus, als wäre sie die Starreporterin der Zeitschrift. Offenbar galt Ur-Otto also zumindest bis jetzt noch nicht als so auflagensteigernd, dass man einen Spitzenjournalisten zu ihm schicken musste.

»Vielleicht sollten wir zuerst das Finanzielle klären«, sagte Carina mutig, nachdem sie die Reporterin auf den Balkon geführt hatte, wo Ur-Otto wie an jedem Tag unter einem Sonnenschirm vor sich hin döste. »Soweit ich weiß, ist noch gar kein Vertrag mit Herrn Pelletier geschlossen worden.«

Die junge Frau hob bedauernd die Schultern. »Davon ist mir leider gar nichts bekannt!«, sagte sie. »Für die finanzielle Seite bin ich leider nicht zuständig. Vielleicht telefoniert er deswegen noch mal mit dem Verlag?« Sie öffnete die Fototasche und schraubte ein neues Objektiv vor die Kamera. »Guten Tag, Herr Pelletier! Ich habe schon viel von Ihnen gehört!«

Das schien Ur-Otto nicht im Geringsten zu wundern. »Meine süße Blume!«, sagte er und langte zu ihr hinüber, um sie in die Wange zu kneifen. »Die Zeitung kommt ja nun immerzu. Wie ich mein 75. Jubiläum …«

»Das können Sie gleich alles erzählen, Herr Pelletier«, sagte Carina. »Jetzt werden erst mal Fotos gemacht.«

Hanna verschwand im Wohnzimmer.

Besonders interessierte die Reporterin sich für Ur-Ottos Krankenhausaufenthalt. Dass ein so alter Mann eine Vollnarkose überstanden hatte, wollte ihr nicht in den Kopf.

Ur-Otto machte eine wegwerfende Handbewegung. »Das ist doch *nix* für so ’n staatschen Kerl wie mich«, sagte er und warf sich in die Brust.

»Ja, und dann möchte ich noch gerne Ihr genaues Alter wissen«, sagte die Reporterin. »Das wollen unsere Leser natürlich gerne erfahren.«

Ur-Otto wiegte wieder den Kopf und lächelte. »*Nie sollst du mich befragen!*«, sang er wie schon einmal an dieser Stelle. »Aber über 25 bin ich schon, meine süße Blume. So viel kann ich dir verraten«, und er kicherte fröhlich.

Die Reporterin lachte mit. »Das reicht unseren Lesern aber nicht, Herr Pelletier«, sagte sie.

Carina sah sie bedauernd an. »Wir können auch nur schätzen«, sagte sie. »Damals wurden die Akten ja noch nicht so exakt geführt, vor über hundert Jahren, und dann auf dem Dorf! Aber er ist der Urgroßonkel von Frau Bergmann, und diese Geschichte mit dem Jubiläum im Gesangverein zeigt ja auch …«

Und damit gab sie Ur-Otto das Stichwort für einen kleinen Gesang und die Geschichte über den Herrn vom Sängerbund.

Die Reporterin sah ganz zufrieden aus. »Besonders interessant ist diese Geschichte für uns natürlich, weil Herr Pelletier uns tatsächlich das Geheimnis für sein hohes Alter verraten kann«, sagte sie. »Das wollen unsere Leser nämlich wissen! Zum Nachmachen sozusagen. Sie führen Ihr Alter also tatsächlich auf gesunde Ernährung zurück, Herr Pelletier?«

Ur-Otto sah ein bisschen irritiert aus. »Was, min Seuten?«, fragte er unruhig.

»Ob Sie wirklich immer noch Ihr Gemüse selber anbauen, Herr Pelletier«, sagte Carina. »Erzählen Sie mal.«

Ur-Otto lehnte sich zurück und seufzte. »Ohne Pferdemist ward dat allens nix«, sagte er und nickte. »Seit diese Autos da sind, die nix können als stinken und knallen, muss man ja schon suchen, wo die Viecher mal äppeln! Aber ich weiß Bescheid.« Dann sank sein Kopf auf die Brust und kleine Schnarchtöne kamen aus seinem Mund.

»Ach, das reicht mir auch schon«, sagte die junge

Frau. Sie stand auf. »Wir bringen ja sowieso nicht so viel Text und hauptsächlich Fotos«, und sie war schon halb auf dem Flur.

»Aber das mit dem Exklusivvertrag muss auch noch geregelt werden!«, rief Carina ihr nach.

Die Reporterin lächelte freundlich. »Klar!«, sagte sie und zog die Tür hinter sich zu.

Hanna kam aus dem Wohnzimmer. »Ich mach da nicht mehr mit«, sagte sie und sah ganz blass aus. »Wenn das nachher alles auffliegt, kann Mama ihren Laden doch dichtmachen.«

»Was soll denn da auffliegen«, sagte Carina ungeduldig. »Morgen noch die Talk-Show, und die Sache ist gelaufen. Dann rollen die Werbeverträge.«

Hanna schüttelte den Kopf. »Das geht schief, aber jede Wette«, sagte sie.

»Als ob du hellsehen könntest«, sagte Carina böse. Was übrigens stimmte, wenigstens in diesem Fall.

Dass Ur-Otto aufgeregt war, merkte man daran, wie früh er am nächsten Morgen aufstand.

»Ich soll ja heute ins Fernsehen«, sagte er und versuchte, sich vor dem Flurspiegel seine taubenblaue Krawatte zu einem eleganten Knoten zu binden. »Die kriegen ja nun alle nicht genug von mir, was.«

Frau Bergmann lachte. »Ins Fernsehen, Onkel

Otto?«, sagte sie. »Ich glaube, da vertüdelst du was. Vielleicht haben die Kinder gesagt, dass sie mit dir ins Kino gehen«, und sie schnappte sich ihren Autoschlüssel und warf auch selber noch einen letzten Blick in den Spiegel. »Nee, nee, nee, meine süße Blume«, sagte Ur-Otto. »Fernsehen, das ist mal gewiss.«

Hanna war von dem Gespräch auf dem Flur wach geworden und lehnte gähnend im Türrahmen.

»Was ist los?«, fragte sie voller böser Vorahnungen. »Er sagt, er kommt ins Fernsehen«, sagte Frau Bergmann und lachte. »Erklär ihm mal, dass das nicht so einfach geht. Tschüs, meine Liebe, ich bin gespannt, ob heute auch wieder die halbe Stadt meine selbst gekochte Marmelade will.« Sie zögerte einen Augenblick, »Wo sind neulich eigentlich all die Kirschen geblieben? Habt ihr die schon eingekocht?«

Hanna zuckte die Achseln. »Keine Ahnung«, sagte sie. »Tschüs, Mama, ich glaube, du musst los.«

Frau Bergmann stipste sie gegen die Wange. »Keine Hektik«, sagte sie. »Bevor ich nicht da bin, kommt keiner rein.«

Aber jetzt war Ur-Otto ungeduldig geworden. »Bei meinem Jubiläum war ich auch schon in der Zeitung«, sagte er und stellte sich seiner Urgroßnichte in den Weg. »Und ein Herr vom Sängerbund war auch da, min Seuten! Und nun wollen sie mich fürs *Fernsehen*. Ich werd noch entdeckt!« Und er kicherte sein vergnügtes hohes Greisenkichern.

Frau Bergmann sah Hanna ein bisschen beunruhigt an. »Beobachtet das mal«, sagte sie leise. »Er war doch bis jetzt immer ganz klar im Kopf. Nicht dass wir ihn hier aufpäppeln und dabei wird er uns tüdelig.«

Hanna schüttelte den Kopf. »Das ist bestimmt nur, weil er so früh aufgestanden ist«, sagte sie beruhigend. »Komm, Ur-Otto, wir beiden frühstücken jetzt.« Und sie winkte ihn zu sich in die Küche.

Als Carina kam, hatte Hanna Ur-Otto beim Schlipsknoten geholfen und ihm mindestens fünfmal bestätigt, dass sein Rasierwasser wunderbar duftete.

»Heute hat er echt Schiss, glaube ich«, sagte sie zu Carina, die sich für die Show so zurechtgemacht hatte, dass die magere Kiki gegen sie bestimmt keinen Stich gekriegt hätte. »Er rennt die ganze Zeit durch die Gegend und sprüht sich mit Eau de Dingsbums ein und kämmt sich seine drei Haare.«

Carina kicherte. »Hätte ich nicht gedacht«, sagte sie. »Wo er die Zeitschriftensache so gelassen genommen hat. Wo ist er jetzt?«

Hanna sah sich um. »Ur-Otto?«, rief sie auf den Flur. »Bist du in deinem Zimmer?«

Aber alles blieb stumm.

»Ob der uns abgehauen ist?«, fragte Carina erschrocken. »Hat in letzter Sekunde Muffe gekriegt und ist abgehauen?«

»Wer?«, fragte Bergmann. Er hatte trotz des Lärms bis jetzt schlafen können.

»Der Ururgroßonkel!«, sagte Carina. »Der ist verschwunden!«

»Gott sei Dank!«, sagte Hanna und merkte, wie sie auf einmal ganz ruhig wurde. So hatte sich also alles von alleine geregelt. Natürlich würde es ein bisschen peinlich werden, beim Sender anzurufen und Bescheid zu sagen, dass Ur-Otto leider unpässlich war und nicht kommen konnte; aber schließlich hatten sie *drei* alte Leute für ihre *Hundert – na und?-Show* angeworben, da blieben ihnen immer noch zwei. Ihre Sendung konnte Ur-Ottos Abwesenheit wenigstens nicht kippen. »Vielleicht ist es besser so«, sagte Hanna gefasst. »Wer weiß, was der da alles erzählt hätte. Und ein riesiger Schwindel wäre es sowieso gewesen.«

Aber so schnell gab Carina nicht auf.

»Bist du verrückt geworden, oder was?«, schrie sie. »Das ist die Chance eures Lebens und ihr verdaddelt sie einfach?«

Bergmann kratzte sich an der Wade. »Ich glaub,

ich weiß, wo er ist«, sagte er und warf sich den Bademantel seiner Mutter über die Schultern, bevor er die Wohnungstür öffnete.

Sie hörten Ur-Otto schon, bevor sie an der Kellertreppe waren.

»*Trink, trink, Brüderlein, trink!*«, sang er, und offensichtlich folgte er seinem eigenen Befehl aufs Wort, weil es eine kleine Pause gab, bevor der Gesang weiterging. »*Lass doch die Sorgen zu Haus!*« »Ur-Otto!«, brüllte Bergmann und riss die schwere Tür zum Kellerflur auf.

»Da ist doch gar kein Schnaps!«, sagte Hanna verwirrt. »Der kann doch nicht von unserem milchsauren Gemüse besoffen geworden sein!«

Im Bergmann'schen Kellerverschlag hinter der angelehnten Gittertür saß Ur-Otto auf zwei aufeinander gestapelten Reisekoffern und führte behutsam einen Esslöffel zum Mund, mit dem Frau Bergmann ab und zu den Zustand ihres Gemüses überprüfte.

»Pssst, meine Süßen, tralalalala!«, rief er und schluckte mit offensichtlichem Wohlbehagen den Inhalt des Löffels. Dann schüttelte er sich ein bisschen. »Der ist geglückt, mein Jung, über alle Maßen!« Und er prostete ihnen mit dem Löffel zu.

»Nun ist er echt durchgedreht«, murmelte Hanna. »Mensch, Carina, das war alles zu viel für ihn. Der ist einfach zu alt für Stress.«

»Das ist doch Essiglake, Herr Pelletier!«, sagte Carina, und dass die Szene vor ihnen auch sie nicht ruhig ließ, merkte man daran, dass Carinas Stimme bebte. »Das sollten Sie nicht trinken.«

»Essiglake, meine süße Blume?«, sagte Ur-Otto und kicherte wieder. »Denkst du, das ist euer Medizinwein? Nee, nee, nee, min Seuten, das ist der beste aufgesetzte Kirsch, den eure liebe Mutter in ihrem Gemüseladen jemals verkauft hat! Nimm mal 'n Tropfen!« Und er führte den Löffel tief in ein bauchiges Gefäß, das neben ihm stand. Ein paar rötliche Tropfen fielen auf seine Hose.

Carina verzichtete darauf, ihm zu erklären, dass sie nicht zu Frau Bergmanns Familie gehörte. Sie hatte nicht das Gefühl, dass Ur-Otto im Augenblick irgendwelchen Erklärungen zugänglich sein würde.

»Sie sind ja betüdelt, Herr Pelletier!«, sagte sie streng. »Wo kommt denn dieser ganze Schnaps her?«

Aber Hanna hatte es schon begriffen. »Die Kirschen!«, murmelte sie. »Keine Marmelade diesmal.«

Bergmann räusperte sich. Bisher hatte er die ganze Zeit auf dem Kellerflur gestanden, in Frau Bergmanns verwaschenem Bademantel, unter dem seine sonnenbraunen Jungsbeine herausguckten, und war von einem Fuß auf den anderen getreten.

»Wenn ich gewusst hätte, dass er sich ausgerechnet heute damit besäuft, hätte ich ihm nicht geholfen, das Zeugs anzusetzen«, sagte er düster.

Ur-Otto kicherte. *»Im tiefen Keller sitz ich hier bei ei-hei-ne-hem Glas vo-holl Reben!«*, sang er und nahm einen weiteren Schluck. »Ja, das ist ein guter Tropfen. Ottos Aufgesetzter ist bekannt, überall in Stadt und Land!« Und er hielt Carina auffordernd den Löffel hin.

»Wir müssen ins Fernsehen, Herr Pelletier«, sagte Carina streng. »Jetzt ist Schluss mit lustig.«

»Bei ei-hei-ne-hem Glas vo-holl Reben!«, sang Ur-Otto.

»O Gott!«, sagte Hanna.

»Wir müssen absagen«, sagte Hanna, als sie Ur-Otto glücklich wieder in die Wohnung bugsiert hatten. Auf der Treppe hatte er ein wenig geschwankt, aber nicht mehr, als man es einem über Hundertjährigen ohnehin zugestanden hätte. »So können wir den doch nicht ins Fernsehen lassen.« Carina winkte ab. »Der kriegt jetzt eine Tasse starken Kaffee«, sagte sie. »Und dann ist er wieder ganz okay! Ist doch besser so, als wenn er uns abgehauen wäre! Oder wirklich durchgeknallt. Oder? So ’n bisschen Schnaps beruhigt nur.«

»*Guter Mond*«, sang Ur-Otto und ließ sich, als wolle er sie bestätigen, gähnend auf einen Küchenstuhl sinken, *»du ge-hest so-ho sti-hille!«* Dann sackte sein Kopf auf die Brust und er fing an zu schnarchen.

»So kann der doch nicht mit!«, schrie Hanna.

Carina seufzte. »Sei doch nicht so hysterisch«, sagte sie. »Mach lieber Kaffee.«

Da klingelte es an der Wohnungstür.

»Kiki«, sagte Bergmann, als er zurückkam. »Ich hab ihr gesagt, heute hab ich keine Zeit. Ich hab ihr erklärt, warum.«

»Reizend«, sagte Carina.

»Du willst doch nicht im Ernst, dass er in diesem Zustand da hingeht?«, schrie Hanna. »Ihr seid ja alle verrückt!«

»Du musst ja nicht mit«, sagte Carina. »Bleibst du eben zu Hause, wenn deine Nerven nicht stark genug sind.«

»Ich erlaube es nicht!«, rief Hanna. »Ich verbiete euch, dass ihr mit Ur-Otto ...«

»Du hast uns gar nichts zu verbieten«, sagte Carina und tat Kaffeepulver in den Filter. »Dein Ahn ist nicht entmündigt, das hab ich dir schon mal erklärt. Der bestimmt selber.«

»Dann macht doch, was ihr wollt!«, schrie Hanna und ließ die Küchentür hinter sich zufallen.

So durcheinander war sie zuletzt bei der letzten Physikarbeit gewesen.

Es war still in der Wohnung, nachdem Bergmann und Carina mit Ur-Otto losgezogen waren. Seinen Kaffee hatte er nicht getrunken.

»Ich werd mir doch nicht mein lütt büschen Fröhlichkeit kaputttrinken, min Seuten!«, hatte er zu Carina gesagt. »Swatter Kaffee ist ungesund«, und dann hatte er wieder ein Trinklied vor sich hin geträllert.

Vor dem Fenster zogen sich graue Wolken zusammen und Hanna ärgerte sich, dass das Wetter sich so ans Drehbuch hielt. Wenn dies ein Film gewesen wäre, hätte man schon wegen der Himmelsfarbe sicher sein können, dass von nun an alles schief gehen würde.

Hanna brauchte für diese Information allerdings nicht auch noch den Himmel. Sie räumte ein bisschen in der Wohnung herum und versuchte zu lesen, um sich zu beruhigen; aber mit ihren Gedanken war sie doch die ganze Zeit im Studio, wo jetzt wahrscheinlich die Aufwärmgespräche mit den Kandidaten stattfanden und die Klatschproben mit dem Publikum. Wenn wenigstens nicht alles *live* gewesen wäre. Es war ein Elend, dass Carinas Eltern nicht das Geld gehabt hatten, ihrer Tochter in diesen Ferien eine Reise zu finanzieren. Bergmanns wäre viel erspart geblieben.

Zehn Minuten, bevor die Sendung losgehen sollte, klingelte es an der Wohnungstür Sturm.

»Hanna!«, schrie Frau Bergmann und brauste in den Flur. »Ist das wahr?«

»Hast du den Laden zugemacht?«, fragte Hanna erschüttert. Sogar mit 39 Grad Fieber war Frau Bergmann immer noch ins Geschäft gegangen, und wenn die Kinder krank waren, sowieso.

»Ist das wahr?«, schrie Frau Bergmann und rüttelte Hanna an den Schultern. »Sag mir, dass das alles nicht stimmt! Ihr könnt doch Onkel Otto nicht im Ernst …«
Hanna guckte auf den Boden.

»Mein Gott«, murmelte Frau Bergmann. »O mein Gott.«

Dann sagte eine Weile keiner etwas.

Hanna fand als Erste ihre Stimme wieder. »Woher weißt du Bescheid?«, flüsterte sie. Vielleicht wäre es doch gut gewesen, wenn ihre Mutter es schon gestern gewusst hätte. Dann hätte sie die Geschichte gestoppt, da hätte Carina tausendmal sagen können, dass Ur-

Otto nicht entmündigt war. Aber Hanna hatte ja nicht petzen wollen.

»Diese neue Freundin deines Bruders«, sagte Frau Bergmann und ging langsam ins Wohnzimmer und schaltete den Fernseher ein. Im Augenblick sah sie aus, als wäre sie mindestens hundert. »Die ist plötzlich ganz aufgeregt in den Laden gekommen und hat gefragt, wann denn genau die Sendung ist und auf welchem Programm. Das hatte Bergmann ihr gar nicht gesagt.«

»Oh«, murmelte Hanna.

»So was Mageres«, sagte Frau Bergmann, als wäre das ein Faktor von Bedeutung. »Glaubst du, die isst zu wenig?«

Hanna antwortete nicht. »So viele Leute gucken die Sendung vielleicht gar nicht«, sagte sie vorsichtig.

»Glaubst du?«

Frau Bergmarin starrte auf den Bildschirm, wo glückliche junge Menschen gerade ihre Erfüllung in einem neuen Geschirrspülmittel gefunden hatten. »Lieber Gott, mach mich fromm«, sagte sie, »dass ich in den Himmel komm. Und lass Ur-Otto keinen Blödsinn reden.«

»Amen«, sagte Hanna. Auf dem Bildschirm verschwanden die glücklichen Werbegesichter und die Sendung fing an.

Das Studio sah aus wie ein Wohnzimmer und vor einer Dekoration aus Topfpalmen und Bücherregalen lachte ein jugendlicher Vierziger sein Saalpublikum an.

»Ja, wir sind wieder da, hallo, liebe Gäste!«, sagte er, und anstatt sich angesprochen zu fühlen, suchte Frau Bergmann mit der Hand blind auf dem Tisch herum. »Mist, dass wir keinen Schnaps im Haus haben«, murmelte sie. »Jetzt könnte ich wirklich mal einen brauchen.«

Hanna widersprach nicht. Wenn sie Pech hatten, würde ihre Mutter schon in wenigen Minuten merken, dass sie über den Bestand an Alkoholika in ihrem Haus schlecht informiert war. »Pssst!«, sagte Hanna.

Als Erste kam eine alte Frau im grauen Kostüm auf die Bühne und setzte sich sehr aufrecht auf einen der bereitgestellten Stühle. Sie war so dünn, dass Kiki vor Neid hätte erblassen können, aber die Augen in ihrem scharf geschnittenen Gesicht guckten groß und klar und auf Nachfrage erklärte sie, dass sie im letzten Monat im Kreise ihrer Lieben ihren 103. Geburtstag gefeiert hätte, übrigens in ihrer eigenen Wohnung, und dass sie ein Alter von über hundert zwar sicherlich für eine Gnade, aber eigentlich ansonsten nicht für etwas so Besonderes hielt. »Man fühlt sich ja nicht so«, sagte sie und nickte bestätigend dabei. »Verstehen Sie, das ist ja vielleicht das Erstaunliche. Aber man fühlt sich ja nicht alt.«

Der Moderator machte einen Witz über Dreißigjährige, die sich manchmal schon wie 100 fühlten, und das Saalpublikum applaudierte.

»Meine Güte, die Frau ist ja unglaublich«, sagte Frau Bergmann. »Und dazu dann Onkel Otto. Na, prost Mahlzeit.«

Aber zunächst unterhielt der Moderator sich noch ein bisschen mit seinem ersten Gast und ließ sich erzählen, dass sie seit fünf Jahren nun doch Hilfe im Haushalt hätte und ihre Urenkelin die Wäsche für sie erledigte. »Obwohl diese schönen elektrischen Waschmaschinen, die es seit einigen Jahren gibt, einem da ja die ganze Arbeit abnehmen«, sagte sie. »Wir mussten noch rubbeln, früher.«

Aber über früher wollte der Moderator jetzt noch nicht reden.

»Und dass auch Männer vital und gesund ein hohes Alter erreichen können und was sie dafür tun«, sagte er, und nur an seinem etwas flackerigen Blick hätte man vielleicht erkennen können, dass seine bisherigen Erfahrungen mit Ur-Otto nicht ganz dem entsprachen, was er erwartet hatte, »beweist uns unser nächster Gast: Begrüßen Sie mit mir Herrn Otto Pelletier!«

Und unter lautem Applaus aus dem Publikum kam Ur-Otto nach vorne. Er hatte die Arme ausgebreitet, als wolle er die ganze Welt umarmen, und zwinkerte dem Publikum zu. »*Heut geh ich ins Maxim!*«, sang er und legte eine kleine Pause ein, bevor er weiter zu seinem Stuhl marschierte. »*Da bin ich ganz intim! Ich küsse alle Damen, nenn sie beim Kosenamen! Heut geh ich ins …*«

»*Herr*, lass Abend werden«, murmelte Frau Bergmann. »Er glaubt, er ist Johannes Heesters.« Hanna, die keine Ahnung hatte, wer Johannes Heesters war, legte den Finger auf die Lippen. Bisher war bei Ur-Otto von Alkohol noch nicht unbedingt etwas zu merken. Wenn man über seinen Kellerexzess nicht Bescheid wusste, konnte man auch glauben, er wäre einfach nur, was seine Freunde vermutlich ein fideles Haus nannten.

»Na, meine süße Blume«, sagte Ur-Otto und sank auf den Stuhl neben der aufrechten Dame. »Dann will ich mich mal 'n beeten zu dir setzen, was«, und er griff schon nach ihrer Wange um zu kneifen. Aber dann schien er wahrzunehmen, wen er neben sich hatte. »Och, nee, muss ja nicht sein«, sagte er und kicherte hoch. »Muss ja nicht«, und er begann, das Publikum nach süßeren Blumen abzusuchen.

Die Aufrechte warf ihm einen Blick zu, der ahnen ließ, wie sie in ihrer Jugend vor 90 Jahren die Kavaliere hatte abblitzen lassen. »Guten Tag«, sagte sie kühl.

»Ja, Herr Pelletier, dann erzählen Sie vielleicht auch erst mal ein bisschen von sich«, sagte der Moderator. Ur-Otto winkte ins Publikum.

»So ein Tag, so wunderschön wie heute!«, sang er, aber bevor Hanna vor Scham vom Sessel fiel, hörte er von alleine wieder auf. »Ja, so ist das im Fernsehen, wer hätte das gedacht! Die Zeitung kann ja auch nicht genug von mir kriegen, meine Damen und Herren. Wie ich mein Jubiläum im Gesangverein hatte …«

»Herr Pelletier, Herr Pelletier!«, rief der Moderator fröhlich. »Nun lassen Sie uns doch erst mal bei unserem Thema bleiben: Ihre Urururenkelin hat uns verraten, dass Sie ein ganz besonderes Rezept haben, durch das Sie Ihr – ja, hier ist das Wort wohl angebracht – biblisches Alter erreicht haben.«

Ur-Otto sah ihn verständnislos an. »Rezept, mein Jung?«, sagte er verwirrt und zog eine Havanna aus der Brusttasche. »Nee, krank bin ich nicht so viel gewesen, da hat dir jemand Tüdelkram erzählt«, und dann hatte er schon ein Streichholz herausgezogen und versuchte mit kurzen, heftigen Zügen die Zigarre zum Glimmen zu bringen. »Oder meinst du den olen Medizinweinschiet?«

Das Publikum lachte und der Moderator lachte vorsichtig mit. »Das Rauchen ist hier leider verboten, Herr Pelletier«, sagte er. »Aber wir haben ja gehört, dass eine Zigarre am Tag zu Ihren wenigen Sünden zählt. Denn sonst, Herr Pelletier, ernähren Sie sich ja sehr gesund«, und er sah Ur-Otto auffordernd an.

Ur-Otto hielt verwirrt die Zigarre in der einen und das Streichholz in der anderen Hand. »Soll ich jetzt von Pferdemist erzählen?«, fragte er Hilfe suchend.

Frau Bergmann schlug die Hände vors Gesicht. »Das Leben ist eine Falle«, murmelte sie.

Aber Hanna legte wieder den Finger auf die Lippen. »Psst!«, zischte sie scharf. Wenn er jetzt von Pferdemist anfing, war Ur-Otto ja auf dem richtigen Weg. Jetzt musste er nur noch von seinem selbst gezogenen Gemüse berichten, dann kam die Sache vielleicht doch noch in Ordnung.

»Von Ihrem Gemüse, Herr Pelletier, von Ihrem Gemüse!«, rief der Moderator über dem Gelächter des Saalpublikums. »Wir haben Herrn Pelletier nämlich eingeladen, weil er ein lebendiger Beweis dafür ist, dass eine gesunde Lebensweise mit einem langen Leben bei bester Gesundheit belohnt wird, nicht, Herr Pelletier?

Sogar, wenn Sie sich ab und zu mal ein Gläschen genehmigen, achten Sie ja darauf, dass die Trauben aus biologischem Anbau stammen.«

»Was, mein Jung?«, sagte Ur-Otto und inzwischen sah er so verwirrt aus, dass im Saal der Eindruck entstehen musste, dass Ur-Otto zwar körperlich vielleicht noch ganz fit, geistig dafür aber längst abgetreten war.

»Vom Wein rede ich, Herr Pelletier, vom Ökowein!«, rief der Moderator, und Hanna fand, dass er sich angesichts der Tatsache, wie untauglich sein Kandidat sich vor laufender Kamera erwies, doch erstaunlich souverän verhielt.

»Wenn Sie mal Wein trinken, dann …«

»Siehst du wohl, hab ich doch gewusst!«, rief Ur-Otto. »Dass du den gemeint hast vorhin. Den olen Schiet trink ich nicht! Den Schiet aus dem Gemüseladen! Nee, da lass man auch die Finger davon, mein Jung.«

Und als hätte er es darauf angelegt, sich und die ganze Familie ins Unglück zu stürzen, zog er jetzt auch noch einen Flachmann aus der Tasche.

»*Den* sollst du wohl mal probieren!«, sagte er und prostete dem Moderator zu, bevor er die Flasche an die Lippen setzte. »Aufgesetzter Kirsch! Der wärmt dir die inneren Gedärme!«, und nach einem großen Schluck hielt er dem Publikum verführerisch die Flasche entgegen. *»Trink, trink, Brüderlein, trink! Lass doch die Sorgen zu Haus!«*

»O du Scheiße«, sagte Hanna matt. »Den Flachmann haben wir vorhin gar nicht entdeckt.«

»Wo hat er den denn her?«, flüsterte Frau Bergmann.

»Den Schnaps?«

Hanna warf einen Blick auf den Bildschirm, wo der Moderator gerade versuchte, das begeisterte Publikum wieder zur Ruhe zu bewegen. »Deine Kirschen«, sagte sie. »Prost.«

Frau Bergmann stand auf. »Erzähl mir, wie es ausgegangen ist«, hauchte sie. »Ich steh das nicht durch.« Und damit verschwand sie aus dem Wohnzimmer.

»Ja, meine Damen und Herren – meine Damen und Herren!«, rief der Moderator.

Ur-Otto prostete fröhlich weiter und nahm noch einen Schluck. »*Tralalalla!*«, sang er und stand auf. *»Die Jugend, die Jugend ist eine schöne Zeit!«*, und er breitete wieder die Arme aus und drehte sich um seine eigene Achse.

Im Publikum fingen die ersten an zu trampeln und offenbar begriff der Moderator, dass er versuchen musste, hier wieder Ruhe einkehren zu lassen, wenn ihm die Veranstaltung nicht endgültig aus den Händen gleiten sollte.

»Ja, Herr Pelletier zeigt uns allen, wie vergnügt und lebenslustig man auch im hohen Alter noch sein kann!«, rief er in den Tumult im Saal hinein. Das Thema Essen *und Trinken* hatte er inzwischen offenbar als zu gefährlich erkannt. »Und dabei, Herr Pelletier, haben Sie ja erst vor ganz kurzer Zeit eine gar nicht so kleine Operation über sich ergehen lassen müssen – mit Vollnarkose, was in Ihrem Alter ja keine Kleinigkeit ist«, und elegant und freundlich nahm er Ur-Otto einfach die Flasche aus der Hand.

Er hätte kein besseres Thema wählen können.

»Ja-haa, mein Jung!«, rief Ur-Otto. »Das war dir aber vielleicht was!« Er machte einen nicht mehr ganz sicheren Schritt zurück auf seinen Platz zu, aber dann entdeckte er seine Mit-Kandidatin und winkte ab. »Dokters und Professers haben an mir rumgeschnipselt! » Er griff zu seiner Gürtelschnalle. »Der Blinddarm, so 'n lütt fiegelinsches Aas aber auch!«, und nun hatte er auch schon den obersten Knopf geöffnet und griff zum Reißverschluss. »Aber dem haben sie das gegeben, die jungen Leute im Krankenhaus!«

Das Getrampel im Saal war in ein rhythmisches

Stampfen übergegangen. »Zu-ga-be!«, brüllten die Ersten. »Zu-ga-be!«

Ur-Otto blickte auf. »Da will ich euch mal die kleine Freude machen«, sagte er. »Und euch die Narbe zeigen. Ganz so ’n lütt Ding ist das, da haben die jungen Leute nur so ’n lüttsches Loch gemacht«, aber bevor Ur-Otto alle Hüllen fallen lassen konnte, hatte der Moderator ihn erreicht.

»Ja, danke, danke, Herr Pelletier!«, sagte er und griff nach Ur-Ottos Hosenbund. »Aber nun wollen wir mal …«

Ur-Otto klapste ihm auf die Finger. »Nur kein Neid!«, rief er. »Wer hat, der hat!«

Aber der Moderator hatte ihn schon am Arm gepackt und führte ihn sanft und immer noch lächelnd zum Ausgang.

»Ich glaube, Herr Pelletier hat …«, sagte er, aber weiter kam er nicht.

»Weitermachen!«, brüllte es aus dem Publikum. »Weiter-ma-chen!«, und dazu wurde rhythmisch geklatscht. Ur-Otto schüttelte seinen Bändiger ab. »Du siehst doch, mein Jung, sie wollen alle meine Narbe sehen«, sagte er und wollte sich schon wieder über seine Hose hermachen. »*Ein schöner Rücken kann stets entzücken. Ein schöner Bauch tut’s auch!*«

Das Publikum jubelte und der Moderator sah aus, als ob er einen Berufswechsel ernsthaft in Erwägung zog. Aber zu seinem Glück kamen jetzt zwei junge Männer nach vorne, die ihm wahrscheinlich die Regie zur Hilfe geschickt hatte, vielleicht Kabelträger, und griffen sich Ur-Otto von links und rechts.

»Heut geh ich ins Maxim!«, sang Ur-Otto wieder und versuchte, die beiden abzuschütteln, *»da bin ich …«*

»Ja, meine Damen und Herren, das war so nicht eingeplant, wie Sie sicherlich bemerkt haben«, sagte der Moderator und lächelte ein bisschen angestrengt, »aber schön ist doch, dass wir alle heute Morgen auf diese Weise erleben konnten: Auch mit über hundert Jahren ist Herr Pelletier vital, kräftig und lebenslustig!«

Da hatte Ur-Otto wenigstens einen Arm freibekommen. »Wer ist hier über hundert?«, rief er und auf einmal wirkte er wieder ganz nüchtern. »Die alte Schaluppe da, ja, das soll wohl sein! Aber mich könnt ihr hier nicht zum alten Mann machen, das kann ich euch aber sagen!«

Im Publikum war es plötzlich ruhig geworden.

»Nee, nee, nee, mein Sohn!«, rief Ur-Otto. »Beleidigen lass ich mich nicht! 89 bin ich, kein Jahr mehr, und das kann ich beweisen!«, und er wühlte in seiner Gesäßtasche nach dem Personalausweis, während er gleichzeitig dem Publikum zuzwinkerte. In der plötzlich eingetretenen Stille war die Stimme der Hundertdreijährigen klar und deutlich zu hören.

»Ich finde Ihr Verhalten empörend, junger Mann«, sagte sie scharf. Offenbar war ihr gerade bewusst geworden, dass Ur-Otto, hätte sie in ihrer Jugend nur einen etwas lockereren Lebenswandel geführt, durchaus ihr Sohn hätte sein können, und dankte dem Schicksal dafür, dass es sie verschont hatte. »Sie sollten sich schämen.«

Hanna drückte seufzend auf die Fernbedienung. »Das ist es dann wohl gewesen«, murmelte sie, während das Bild verschwand.

Vor dem Fenster riss grell ein Blitz den Himmel auf, und Donnergrollen besiegelte Ur-Ottos Schicksal wie ein Paukenschlag. Der Regen schlug gegen die Scheiben, aber Hannas Gedanken konnte er nicht übertönen.

Als Bergmann und Carina mit Ur-Otto nach Hause kamen, gingen sie Hand in Hand.

»Schicksalsschläge schweißen zusammen«, sagte Hanna, aber für ausführlichere Erklärungen war keine Zeit. Auf der Rückfahrt im Taxi hatte Ur-Otto auch noch den restlichen Flachmann leer getrunken und nun war seine Fröhlichkeit in Müdigkeit umgeschlagen.

»Der Mond ist aufgegangen!«, sang er und stolperte auf seine Urgroßnichte zu. »Na, meine süße Blume? Ist mein Bett schon parat?«

Frau Bergmann seufzte. »Geh du man schlafen, Onkel Otto«, sagte sie. »Reden können wir morgen früh immer noch. Jetzt hat das ja wohl wenig Sinn«, und ohne sich weiter um ihn zu kümmern, verschwand sie in der Küche.

Bergmann und Carina kamen nach.

»So sorry, Mum«, murmelte Bergmann. »Wir hatten nicht gedacht ...«

»Zum Gespött der Leute hat er uns gemacht«, sagte Frau Bergmann tonlos, ohne ihn ausreden zu lassen. »Aber das wäre ja noch nicht mal so schlimm, damit könnte ich leben. Aber was sagen denn jetzt die Kunden, wenn sich das rumspricht? Dass wir versucht haben, mit erlogenen Geschichten mehr Kundschaft für unseren Laden zu gewinnen! Das glaubt mir doch keiner, dass ich nichts davon gewusst habe!«

»Arme Mama!«, sagte Hanna und warf Carina einen bösen Blick zu. Wenn sie sah, wie Carina sich gegen Bergmanns Schulter lehnte, tat die magere Kiki ihr leid. »Ich hatte euch gewarnt.«

Carina sah kurz zu Bergmann hin, dann räusperte sie sich.

»Das konnte ja kein Mensch ahnen, dass er so durchdrehen würde!«, sagte sie entschuldigend. »Und außerdem muss es sich ja nicht rumsprechen.«

»Ach nein, muss es das nicht?«, sagte Frau Bergmann. Inzwischen hatte sie genug Kraft geschöpft, um Carina zu sagen, was sie von ihrem Alleingang hielt. »Und was ist mit diesem Herrn Hansen, der ja wohl mit seinem Artikel im BLATT die ganze Geschichte erst ins Rollen gebracht hat? Glaubt ihr nicht, dass der sich reingelegt fühlt? Dass der Angst hat, er könnte mit seiner Redaktion Ärger kriegen, weil er einen Artikel geschrieben hat, der nicht gut genug recherchiert war und nicht der Wahrheit entspricht? Wenn wir Pech haben, schreibt der jetzt einen neuen Artikel mit der Überschrift *Betrug im Bio-Laden*, und dann kann ich einpacken.«

»Glaub ich nicht«, murmelte Carina matt. Dann hellte sich ihr Gesicht auf. »Und außerdem kann es Ihnen auch ganz egal sein. Weil Sie nämlich sowieso einen neuen Laden aufmachen! Und zwar in Top-Lage!«

Frau Bergmann starrte sie an.

»Herr Pelletier schließt einen Exklusivvertrag mit einer Zeitschrift ab!«, rief Carina. »Das sollte eigentlich eine Überraschung werden. Das Geld stellt er Ihnen für den Laden zur Verfügung, ist schon alles besprochen. Die Reporterin war schon hier und hat ihn interviewt, und …«

Da klingelte, wie hätte es anders sein können, das Telefon.

»Ich kann jetzt nicht«, sagte Frau Bergmann und nickte Hanna zu. »Geh du, Hanna. Und wer es auch ist, versuch ihn zu überzeugen, dass ich von der ganzen Geschichte keine Ahnung hatte.«

Hanna nickte und verschwand.

»… wie ich also gesagt habe«, sagte Carina, aber ihre Stimme klang schon um einiges unsicherer. »Das Geld für den tollen Laden haben Sie sicher. Und das ist ja schließlich das Wichtigste, oder? Da kann Ihnen diese Fernsehgeschichte doch ganz egal …« Sie brach mitten im Satz ab.

In der Küchentür stand Hanna und schüttelte den Kopf.

»Zu früh gefreut, Carina«, sagte sie.

Bergmann erwachte aus seiner Erstarrung. »No money?«, fragte er.

Hanna lehnte sich gegen den Kühlschrank und sah Carina an, während sie sprach.

»Das war die Zeitschrift«, sagte sie. »Die Story über Ur-Otto ist geplatzt. Sie sagen, wir können uns freuen, wenn sie keinen Schadenersatz von uns verlangen für den Aufwand, den sie jetzt umsonst getrieben haben.«

»Oh!«, sagte Carina.

Frau Bergmann holte tief Luft. »Und das ist erst der Anfang, glaubt mir«, sagte sie. »Ich bin gespannt, was ich morgen im Laden zu hören kriege.« Sie lachte bitter. »Wenn ich überhaupt was zu hören kriege, natürlich. Es ist ja gut möglich, dass kein Mensch erscheint.«

»Arme, arme Mama«, sagte Hanna.

Vor dem Fenster pladderte der Regen immer noch und machte damit auch dem Letzten klar, dass diese Geschichte jetzt an ihrem Tiefpunkt angekommen war.

»Du mit deinen Träumen von reichen Erbonkeln!«, sagte Hanna, als sie Carina am nächsten Morgen in die Küche ließ. Aus Ur-Ottos Zimmer, in dem der nun doch nicht ganz so Alte noch immer seinen Rausch ausschlief, hörte man unregelmäßige, laute Schnarcher. »Mama überlegt, ob sie den Laden aufgibt. Sie befürchtet, das gestern war der Todesstoß.«

Carina guckte auf den Küchentisch. »Es tut mir wirklich so leid«, murmelte sie.

Da ging die Tür auf und Bergmann, nach der Abkühlung des gestrigen Tages im T-Shirt über der Boxer-Shorts, ließ sich auf einen Stuhl plumpsen. »Küss mich, Carina«, sagte er. »Das Leben ist grausam.« Carina machte keinerlei Anstalten, seiner Aufforderung zu folgen. »Ich hab die ganze Nacht nicht richtig geschlafen«, sagte sie. »Weil ich doch schuld bin an der ganzen Sache.«

»Das hilft jetzt auch nicht mehr«, sagte Hanna gnadenlos.

Bergmann kratzte sich an der Wade. »Kiki hat gestern Abend noch angerufen«, sagte er. »Die war so stinkig, die ist fast explodiert. Sie hat mit mir Schluss gemacht. Mit einem Typen, der so einen Onkel hat und der so ein lügnerisches Spiel treibt, will sie nicht länger zusammen sein.« Er hob das Bein ein bisschen an und begutachtete die Stelle, an der er gerade gekratzt hatte. »Ich glaube, in Wirklichkeit hat sie nur gesehen, dass wir beiden nebeneinander im Publikum gesessen haben, Carina. Das ist der echte Grund.«

»Sei doch froh«, sagte Hanna. »Kriegst du wenigstens keinen Ärger wegen Vielweiberei. Oder wolltest du sonst heute Carina wieder abstoßen?«

»Die Frage ist ja auch, was *sie* will«, sagte Bergmann zu seiner Wade. Das Telefon klingelte.

»Ich geh nicht«, sagte Hanna entschlossen. »Seit gestern Mittag waren alle Anrufe nur schrecklich. Jetzt kann wirklich mal jemand anders.«

Carina stand auf.

»Ich hab euch das eingebrockt«, sagte sie. »Ich geh.«

Das Gespräch dauerte eine Weile und während der ganzen Zeit war Bergmann mit seiner Wade beschäftigt. Ab und zu waren sonderbare Geräusche aus dem Wohnzimmer zu hören, Ausrufe vielleicht oder Stöhnen oder sogar Lachen. Was es allerdings nach der gestrigen Katastrophe noch zu lachen geben sollte, konnten Hanna und Bergmann sich beim besten Willen nicht vorstellen. »Die spinnt doch«, sagte Hanna, als von nebenan wieder ein Juchzer zu hören war. »Ich glaub, die hat durch den Schock Schaden genommen. Kehr lieber zu Kiki zurück.«

Bergmann sah nicht auf. »Was verstehst du von Liebe«, sagte er.

Da riss Carina die Tür auf. »Leute!«, brüllte sie, und ihr Gesicht war so rot, dass Hanna Angst um ihre Gesundheit bekam. »Wo ist der Champagner? Ich halt es nicht aus!« Und sie rannte auf den Flur und trommelte wild gegen Ur-Ottos Tür. »Herr Pelletier, aufwachen! Sie sind Millionär!«

Hanna nickte Bergmann zu und tippte sich vielsagend gegen die Stirn. »Entscheide dich für Kiki«, sagte sie. »Solange noch Zeit ist.«

Aber Bergmann war schon zu Carina auf den Flur

gegangen. »Was ist denn los, Carina?«, sagte er beruhigend. »Wer war denn das, um Himmels willen?« Carina trommelte weiter gegen die Tür, dann stieß sie einen lauten Juchzer aus.

»Das war Herrn Pelletiers Gemeindeschwester, Mensch!«, brüllte sie. »Ich denk, ihr kennt die!«

Da wusste Hanna endgültig, dass der Stress gestern für Carina zu viel gewesen war.

Natürlich hatte Frau Bergmann am Telefon gesagt, dass sie den Laden nicht schon wieder einfach so und ohne Vorankündigung schließen konnte, aber als Hanna ihr erklärte, worum es ging, war ihr nichts anderes übrig geblieben. Mit einem lauten Stöhnen hatte sie den Hörer aufgelegt, ohne sich vorher zu verabschieden.

»Ich glaub es einfach nicht«, sagte sie jetzt, während sie mit wildem Löffelgerühre eine Sturmflut in ihrer Kaffeetasse verursachte. Hellbraune Wellen schlugen über den Tassenrand, aber Champagner hatten sie nun mal nicht vorrätig gehabt.

»Doch, meine süße Blume, das kannst du gerne glauben«, sagte Ur-Otto und nickte heftig. Er saß in seinem lilagrünen Schlafanzug neben seiner Urgroßnichte und wirkte erstaunlich nüchtern. »Und *du* sollst das alles haben. Wo ich doch gestern so viel Schande über euch gebracht habe.«

»Die sumpfigen Seewiesen«, murmelte Frau Bergmann und schickte einen neuen Schwall Milchkaffee über den Tassenrand.

»Die Gemeindeschwester hat gesagt, die Gemeinde verhandelt schon seit über drei Jahren mit dieser Gesellschaft«, sagte Carina. »Die waren so hinter dem Gelände her …«

»Ja, der ist ein Fuchs, unser Bürgermeister!«, sagte Ur-Otto und schlug sich auf die Schenkel. »Den legt keiner rein!«

»… und nun haben die sich bereit erklärt, alle Auflagen zu erfüllen, die die Gemeinde ihnen gestellt hat«, sagte Carina. »Ausgleichsflächen, Aufforstung, was weiß ich.«

»Und die kaufen nun also x Hektar Sumpfwiesen von Onkel Otto«, sagte Frau Bergmann. »Und zu so einem Preis.«

Ur-Otto kicherte. »Den olen modderigen Schiet!«, sagte er. »Konntest du nicht mähen, konntest du keine Kuh draufstellen, nix konntest du damit anfangen! Den olen Pladderadatsch! »

Hanna nickte. »Aber für ihre Zwecke ist das Gelände ideal«, sagte sie.

Ur-Otto breitete die Arme aus und legte den Kopf in den Nacken. »Ein subtropisches Badeparadies!«, rief er. »Auf meinem Baggermatsch!« Und er kicherte vergnügt sein hohes Greisenkichern. »Da gibt's aber was zu gucken für mich!«

»Und zu kneifen«, sagte Hanna trocken.

Ur-Otto kicherte wieder. »Lass mich doch so'n büschen Blumen knicken, min Seuten«, sagte er und zwinkerte ihr zu. »Die sind Geschenke des Herrn.«

»Und das steht wirklich fest?«, fragte Frau Bergmann. »Das ist endgültig, dass die da ihre Ferienanlage bauen wollen?«

»In landschaftlich ungewöhnlich reizvoller Lage«, sagte Carina. »Genau.«

»Und du sollst denn das ganze schöne Geld haben, meine süße kleine Enkeltochter«, sagte Ur-Otto vergnügt. »Ich hab ja dann das Schwimmbad. Jeden Tag, den der liebe Herrgott geschaffen hat. Verkaufen tu ich nur, wenn ich freien Eintritt kriege.«

Frau Bergmann starrte auf den Tisch. »Ich glaub es nicht«, sagte sie.

»Und wenn du dir davon wieder so einen Gemüseladen kaufen willst«, sagte Ur-Otto, »dann darfst du das gerne tun, mein Deern. Mir soll das recht sein. Aber versprechen musst du mir, dass du da dann nicht mehr so ’n ollen suern Essig verkaufst. Sonst gibt das keinen Pfennig.«

»Versprich’s ihm, Mama«, sagte Bergmann.

Frau Bergmannn legte stumm ihren Löffel in die Kaffeepfütze auf dem Tisch.

»Nun ist er doch noch ein Erbonkel geworden«, sagte Carina und warf Bergmann einen zärtlichen Blick zu.

Die Hitze flirrte über dem Gold der Kornfelder, als sie zu fünft im Wagen saßen, bei heruntergekurbelten Fensterscheiben, und ihrem Ziel entgegenschmorten.

Das Quecksilber war wieder in vierziger Nähe gestiegen, und auch wenn man alle vier Fenster so weit öffnete, wie es nur ging – was nicht ganz so furchtbar weit war, weil beim Fahrerfenster und dem hinteren rechten der Mechanismus nicht mehr funktionierte –, hatte das Wageninnere in etwa die Temperatur eines Pizzaofens. Auf dem Beifahrersitz saß Ur-Otto so vergnügt, als lebe er bei Temperaturen über 35 Grad überhaupt erst auf, und sang.

»So ein Tag, so wunderschön wie heute!«, sang er, und die drei auf der Rückbank sangen mit.

»Stell dir vor, das Bad wäre schon fertig«, sagte Bergmann. »Dann würde ich mich bei der Ankunft aber sofort ins Wasser stürzen, das glaubt ihr doch.«

»Insofern ist dieses Badeparadies ja geradezu ein gutes Werk«, sagte Hanna vorsichtig.

Frau Bergmann schüttelte heftig den Kopf. »Ich habe solche Anlagen immer abgelehnt!«, sagte sie. »Sie stehen für alles, was ich immer abgelehnt habe! Und dabei bleib ich auch«, und in ihrem Zorn war sie schneller gefahren, als die hubbelige Straße es erlaubte.

Auf der Rückbank wurde Carina gegen Bergmann geschleudert.

»Aber jetzt können Sie genau dadurch einen tollen Laden aufmachen, Frau Bergmann«, sagte Carina. »Verrückt.«

»Ja, verrückt«, sagte Frau Bergmann, aber sie fuhr jetzt langsamer.

»Paradox?«, fragte Carina vorsichtig.

Frau Bergmann zuckte die Achseln. »Das *Leben* ist paradox, Carina«, sagte sie. »Das lernst du auch noch.« Hinter einer Bodenwelle tauchten zuerst der Kirchturm, dann die Dächer des Dorfes auf.

»Heimat, süße Heimat!«, sang Ur-Otto. *»Wann werde ich dich wiedersehn!«*

Dann drehte er sich zu Hanna um und zwinkerte ihr zu. »Und all die süßen Blumen erst!«, sagte er. »Was ist das Leben schön!«